Bernhard Setzwein: Nicht kalt genug

Mit den bes[illegible] [illegible]nschen

für Li Zeising

zum Geburtstag

Christa &

Peter [illegible]

Bernhard [illegible]

12. 12. 2000

Bernhard Setzwein

Nicht kalt genug

Roman

Haymon

Umschlaggestaltung: Benno Peter

Die Deutsche Bibliothek – CIP-Einheitsaufnahme

Setzwein, Bernhard:
Nicht kalt genug : Roman / Bernhard Setzwein. -
Innsbruck : Haymon-Verl., 2000
ISBN 3-85218-320-0

1. Auflage: Februar 2000
2. Auflage: Juni 2000

Umschlaglitho: Laserpoint, Innsbruck
Druck und Bindung: Wiener Verlag, Himberg

»Es ist durchaus nicht nötig,
nicht einmal erwünscht,
Partei [...] für mich zu nehmen:
im Gegenteil, eine Dosis Neugierde,
wie von einem fremden Gewächs,
mit einem ironischen Widerstande,
schiene mir eine unvergleichlich
intelligentere Stellung zu mir.«

der Professor

Der erste Sommer

»Niemand ahnte, mit welchen ungeheuren weltbewegenden Gedanken mein Bruder beschäftigt war, und daß er die freundlichen Plaudereien dazwischen nur als Erholungen betrachtete. Alle aber, die ihn damals in Sils-Maria kennen lernten, erzählen das gleiche, daß wenn sie ihm dann auf seinen einsamen Wanderungen begegnet wären, er gar keine Notiz von ihnen genommen hätte und ihnen wie ein ganz anderer in einer fernen Welt versunken erschienen wäre.«

Elisabeth Förster

1

Er kam mit der fünfspännigen Postkutsche, die täglich zwischen St. Moritz und Maloja verkehrte, und saß oben auf dem Dach, des besseren Überblicks und der Erhebung über die anderen wegen. 6000 Fuß über dem Meer und noch ein bißchen höher als die Mitreisenden unten im geschlossenen Pferdewagen. Dort saß man vor Regen und Wind geschützt, die Verwegenen aber und etwas Abenteuerlustigeren kletterten über die geschwungene Holztreppe außen an der Kutsche auf das Dach, wo in Längsrichtung zwei Bänke befestigt waren, man saß Rücken an Rücken, den Blick unverstellt auf die Oberengadiner Berge gerichtet.

– Jenseitig, fast schon jenseitig, murmelte er, die Matten und Geröllfelder und die schneebedeckten Gipfel vor Augen.

Er saß dort oben in seinen Plaid gehüllt und mit dem Schlapphut auf dem Kopf, seine abgewetzte, schäbige Ledertasche mit den Papieren und Schreibzeug umgehängt.

Angemeldet war er in Sils-Maria nicht.

Das Gepäck hatte er vorausgeschickt, es sollte am Bahnhof in St. Moritz für ihn aufbewahrt werden. Es bestand lediglich aus einer Korbkiste voller Bücher und einem großen Koffer. Wo es letzten Endes gelandet war, wußte er nicht. In St. Moritz jedenfalls nicht. Er selbst hatte sich dreimal verfahren, war, mehr tastend als sehend, in falsche Züge gestiegen, hatte das Umsteigen vergessen, war eingeschlafen. Alles falsch und dumm gemacht. Er, der seit zwei Jahren ohne festen Wohnsitz war, alle paar Monate die Unterkunft wechselte, hin- und herpendelte zwischen Naumburg, der Schweiz und der Côte d'Azur, er war im

Grunde ganz und gar reiseunfähig. Halbblind stand er vor Fahrplänen, wählte den falschen Perron, ließ sich hin- und herstoßen und hastete prompt in den falschen Zug.
War es also letzten Endes der Zufall gewesen, der ihn nach Sils-Maria gebracht hatte? – Zufall gab es nicht. Nicht bei einem wie ihm! Bei ihm war alles Vorsehung, bedeutungsvolle Koinzidenz.
– Sils-Maria, 6000 Fuß, Dach der Welt, dachte er, und ich jetzt hier. Sils-Maria von mir entdeckt, dem Aufdecker, Hinaufsteiger, Hinübergeher!
Dabei war er gar nicht selbst hier heraufgestiegen mit der Zielstrebigkeit eines Erstersteigers und Gipfelstürmers, sondern der Zug hatte ihn hergebracht, der falsche, von ihm nur aus Versehen bestiegene Zug. Das hatte er ebenso schnell wieder vergessen wie den jungen Schweizer, dessen Bekanntschaft er im Zug gemacht hatte und der auf dem Weg von Neapel nach Hause war ins Oberengadin, und der war es gewesen, der dem Professor geraten hatte:
– Sils-Maria! Das könnte Ihnen gefallen. Da sind Sie ganz für sich.

Als die Kutsche neben dem Gemeindehaus von Silvaplana hielt, entschloß er sich auszusteigen, war aber, was ihm unangenehm auffiel, keineswegs der einzige. Eine sehr blaßhäutige Dame und ein älterer Herr, der sich schon in St. Moritz ungefragt und sehr soldatisch als General a. D. Justus Simon vorgestellt hatte, stiegen ebenfalls aus. Der Professor stolperte von seiner Bank auf dem Kutschendach hoch, der junge Kondukteur, noch keine 16 Jahre alt und von ledern-brauner Gesichtsfarbe, half dem Professor, die schmale, gewundene Treppe herunterzufinden.

Jetzt stand er auf dem Dorfplatz von Silvaplana. Weiter ging es nur noch mit Privatdroschken der einzelnen Hotels nach Sils-Maria. Die ältere Dame und der General wurden von einem Dienstmann erwartet, der auf seiner Schirmmütze die Aufschrift *Hotel Alpenrose* trug.
Auf den Professor wartete niemand. Er machte sich, befreit von den verlorengegangenen Gepäckstücken, auf Richtung Sils-Maria. Zu Fuß.

2

Ein Hotel kam nicht in Frage. Viel zu teuer. Und erst die damit verbundenen gesellschaftlichen Verpflichtungen: diese Frühstückssaalheiterkeit, diese Büfettverbindlichkeiten, diese Souperbanalitäten!
– Ich suche ein einfaches Zimmer, eine denkbar schlichte Kammer. Idealiter eine Hundehütte. Ich möchte es mir einrichten wie in einer Höhle, verstehen Sie.
Der auf dem Dorfplatz angesprochene Postbeamte wunderte sich schon etwas über die seltsame Ausdrucksweise des Fremden sowie über seinen Aufzug (der Plaid war schon arg zerschlissen, der Schlapphut verwegen breitkrempig). Häuser wie das *Edelweiß* oder die *Alpenrose* schienen in der Tat für so einen wenig geeignet. Der brauchte einen Platz, wo ihn möglichst wenige zu Gesicht bekamen.
– Schauen Sie mal beim Gian vorbei, kann sein, daß der noch etwas frei hat.
Das Haus des Gian Durisch lag am Ortsrand. Auf der Rück-

seite des Gebäudes ragte unmittelbar eine steile Felswand empor, zwischen Berg und Haus standen noch ein paar Lärchen, regelrecht walddunkel war es auf dieser rückwärtigen Seite, was dem Professor sehr angenehm war: Er vertrug kein Sonnenlicht.

– Haben Sie nicht noch eine Kammer frei? fragte er den Mann hinter der Ladentheke. Im Erdgeschoß nämlich war eine kleine Kolonialwarenhandlung. Als der Professor den Laden betrat – die Türoberkante stieß gegen ein kleines Glockenspiel –, wehte ihn ein Geruch von Petroleum und Juchten, von Pfefferminze, Lavendel und Kernseife an.

Statt einer Antwort kam der Mann wortlos hinter der Theke hervor, ging am Professor vorbei, hinaus auf den Hausflur, die enge Holzstiege hinauf in den ersten Stock. Dort zeigte er dem Fremden ein Zimmer mit Ausblick aufs Dorf, hell, freundlich, dem Inn zugewandt.

– Haben Sie nicht noch ein anderes? Nach hinten hinaus? Ein dunkleres? Ja, es darf regelrecht finster sein. Je weniger Licht, desto besser.

– Wenn Sie meinen.

Er zeigte ihm die Kammer des Sohnes. Genau die war es: vor dem Fenster nur Wald und Fels.

– Ich brauch nur ein Bett, eine Couch, einen Tisch und eine Waschgelegenheit. Mehr brauche ich nicht. Man muß einfach leben können, wissen Sie, Herr ...

– Durisch. Gian Durisch.

– Einfach bis zur völligen Bedürfnislosigkeit. Nur das Denken, das aus der allereinfachsten Existenz kommt, verdient überhaupt ein solches genannt zu werden. Es macht mir nichts aus, wenn mich die Leute einen Höhlenbewohner nennen wegen meiner dunklen Behausungen, Sie können mich auch einen Maulwurf nennen, das ist mir gleich, ich komme in der Tat aus dem Unterirdischen, ich bin ein Untergra ...

– Also, dann sag ich dem Robert, er soll die Kammer frei machen.

Er redete etwas viel, fand Durisch, ansonsten konnte er an seinem neuen Logiergast nichts finden, was ihn störte. Gut, er machte etwas viel Aufsehen von wegen seinem *einfach leben*, was war schon dabei, sie, die Durischs, lebten seit Generationen so, es durfte ruhig auch einmal etwas weniger einfach sein. Immerhin hatten sie jetzt das Haus, das zwar eines der einfacheren in Sils-Maria war, aber: es hatte zwei Stockwerke, war fest gemauert und bot Platz für den Gemischtwarenladen.

– Wenn das möglich wäre, mir sagt dieses Zimmer außerordentlich zu, Herr Durisch.

– Dann muß er raus, der Robert. Soll nach vorne gehen, ins größere, hellere.

– Robert?

– Ja, mein Sohn.

– Wenn ihn das nicht stört.

– Nun ja, wenn Sie es partout finster haben wollen.

– Jaja, unbedingt. Wissen Sie: Mein Nervensystem, die ungeheure Thätigkeit, das Vorhaben!

Durisch verstand gar nichts. War ihm auch egal. Hauptsache, er zahlte pünktlich.

3

Und wie Robert das störte! Sein Zimmer aufgeben, wegen eines solchen Schnauzbartes. Der sah doch aus wie der Gallierführer Vercingetorix in seinem Schulbuch.
Doch da war alles Murren umsonst. Wenn der Vater es so bestimmte.
– Das zahl' ich ihm heim, dachte sich Robert. Mit einer Blindschleiche im Bett, zum Beispiel. Die ringelte sich Tage später tatsächlich dem Professor um den nackten Fuß, als der unter die Bettdecke geschlüpft war. Er erschrak aber nicht, besah sich vielmehr das Tier eingehend, lächelte schließlich: der Adler und die Schlange. Die Schlange und der Adler. Sie waren Freunde.
Die nächsten Tage zählte er die Sonnenstunden und schrieb sie auf. Juli und August sollten in diesem Jahr ungewöhnlich heiß werden. Selbst die Silser erinnerten sich nicht, jemals einen solch brütenden Sommer erlebt zu haben. Der Professor rieb sich jeden Morgen das Gesicht, wenn er die wenigen Stufen vor Durischs Haustüre hinunterstieg, um sich aufzumachen zu seinem Morgenspaziergang. Es waren die allerersten Strahlen, die über die Berggipfel strichen. Der Professor rieb sich mit der Morgensonne regelrecht ein, wie sie so angenehm wärmend auf seine Backen schien.
Natürlich bekam er Kopfschmerzen. Und auch Atemnot, wenn das Thermometer spätnachmittags bis auf 24 Grad Réaumur stieg. Doch das war in Kauf zu nehmen.
– Dem Gipfel nah sein, dachte der Professor, wer auf dem Gipfel sein will, der muß die allergrößte Nähe zur Sonne ertragen können. 6000 Fuß jenseits von Mensch und Zeit ...

da wird die Luft dünn! Der Kopf will explodieren, natürlich. Hier zeigt sich, ob einer eine starke Natur ist.
Hatte nicht schon Cäsar seine Kopfschmerzen und seine Kränklichkeit dadurch kuriert, indem er die größten Gewaltmärsche auf sich nahm? Und gab es einen gewaltigeren Gewaltmarsch als den hier herauf, an den Silser See, in dessen Wasser sich ein Äther spiegelte, der genauso stahlblau und eisig-kalt war wie sein Denken. Daß es die Pferdekutsche gewesen war, die ihn von St. Moritz aus hier heraufgebracht hatte und folglich allenfalls die Gäule von etwaigen Kopfschmerzen kuriert worden wären – wenn überhaupt –, das hatte er schon wieder vergessen.
Er prüfte frühmorgens und abends den Puls: 60 Schläge die Minute.
Genau wie Napoleon, schrieb er in sein Notizbuch. Und dann noch: *Kein Zufall!!!*
Er horchte in sich hinein, befühlte die Schläfen. Kündigten sich schon wieder die gefürchteten Schmerzen an? Er lauschte auf die Funktionen des Magens, belauerte die Regungen des Unterleibs.
Alles war bestens, seit er hier war.
Der Mutter schrieb er, Aussehen und Gesundheit seien blendend, Muskulatur die eines Soldaten. Eigentlich wollte er ihr nicht mehr schreiben. Nie mehr! In Genua hatte er all ihre Briefe ungeöffnet zusammengepackt und wieder zurückgeschickt. Nach Naumburg. Diese unerträglichen Vorhaltungen und Ermahnungen wieder zurückgeschickt. Wieder ins Maul zurückgestopft.
Dann aber tat sie ihm doch leid: eine Mutter ohne Nachricht von ihrem Sohn. Er würde ihr erlauben, wieder ein Paket zu schicken. Mit einer dieser vortrefflichen Wür-

ste, Thüringer Rauchwurst. Und, fiel ihm noch ein: Handschuhe! Lange Handschuhe mit Daumen!! Alles mußte man ihr haarklein auftragen.

Der Schwester schrieb er, er habe endlich jenen Ort gefunden, wo es ihm möglich sei, sein ungeheures Vorhaben auszuführen.

– In Anbetracht dessen, was ich die nächsten 10 Jahre vorhabe, brauche ich eine Höhle in der Höhe wie diese.

Nur durfte sie unter keinen Umständen irgend jemandem sagen, wo er sich aufhielt. Zusendungen lediglich unter *Silvaplana, poste restante.*

– Niemals aus der Deckung kommen, dachte der Professor. Endlich aus der Welt verschwinden. Zumindest für eine Zeitlang. Er würde schon wiederkommen. Aber wie! Sein erneuter Auftritt, seine Wiederkehr!, würde einer Weltgeburt gleichkommen. Nach und mit ihm alles neu. Die ganze Welt neu!

War er Gott?

Wenn ja, war Gott zwischenzeitlich nur mehr *poste restante* zu erreichen.

4

Ab und zu hatte der Professor so seltsame Anwandlungen. Da fing er plötzlich das Tanzen an in seiner Kammer. (Manchmal auch ganz nackt.) Natürlich war es etwas eng. Er stolperte dann schon mal über den Stiefelknecht, der auf dem Boden herumlag, mit dem darin steckenden Schuh. Oder er stieß sich am Tischeck an, am Waschkommödchen.

Einmal fiel die porzellanene Schüssel hinunter. Er lachte nur. Zu Durisch sagte er, während der die Scherben zusammenkehrte:
– Ich geb Ihnen eine guten Rat, lieber Durisch: Glauben Sie nur an einen Gott, der auch tanzt!

– Also nein, der Professor! stöhnte der Durisch dann unten in der Wohnstube.
– Ja, der Professor, sagte seine Frau.
Sie hatten ein Nachsehen mit ihm. Wo er doch soviel arbeitete und immer denken mußte. Das war überhaupt der einzige Fehler, den Durisch an seinem Logiergast feststellen konnte, daß er zuviel arbeitete. Das mußte doch ungesund sein. Daher natürlich auch diese Kopfschmerzen. Klar, daß die einen etwas närrisch machten.
– Er versucht sie abzuschütteln, suchte Durisch nach einer Erklärung für sich und seine Frau, er tanzt und hopst, damit diese furchtbaren Schmerzen aus seinem Kopf fallen ... herauspurzeln! Andere Leut' rennen gegen die Wände. Na freilich, das gibt es!
Manchmal hörte es sich tatsächlich an, als ob auch der Professor gegen die Wände seiner engen Kammer liefe. Oder er redete mit sich selbst. Das heißt, er schrie mehr. Man verstand wenig. Eine seltsame Sprache war das. Mehrere Sprachen eigentlich, durcheinander.
Die kleine Adrienne, das Nesthäkchen der Durischs, traute sich schon nicht mehr die Holzstiege hinauf in den oberen Stock zu gehen, seit der neue Gast mit seinen seltsamen Angewohnheiten dort oben wohnte. Anders ihr Bruder Robert, der weder Angst noch Scheu hatte und erst gestern wieder dem Professor den irdenen Krug mit dem Deckel-

chen vor die Tür gestellt hatte, in dem normalerweise die Milch war. Diesmal aber eine fette, glupschäugige Kröte.

– Jetzt schreit er sich wieder selbst an, der Professor, hieß es im Hause Durisch, wenn das Gebrüll in mehreren Sprachen von oben aus der Kammer zu hören war.

So war er ja ein ganz liebenswürdiger Herr, angenehmer Logiergast, zahlte pünktlich den Mietzins, wobei er die Scheine und Münzen jedesmal zum Monatsersten akkurat auf die Theke des Gemischtwarenladens zählte – man spürte, daß einer wie er auf jeden Rappen schauen mußte. Er bezog, wie er einmal erklärte, nur eine kleine Invalidenrente von der Staatskasse Basel, von wegen seiner Sehschwäche. Der Heuslersche Vermächtnisfonds für hilfsbedürftige Professoren legte auch noch etwas dazu.

Nur manchmal, da hatte er halt seinen Rappel.

– Der schreit sich halt selber an, sagte der Durisch-Vater zu der kleinen Adrienne, die nur langsam die Scheu abzulegen begann vor dem Mann mit dem ungeheuren Schnauzbart.

– Der ist halt ein Seehund, sagte er auch noch, aber woher sollte ein sechsjähriges Mädchen im Engadin wissen, was ein Seehund ist.

– Warum rasierst du dich nicht, fragte sie ihn ein paar Wochen später, da war sie schon nicht mehr so ängstlich, hatte sie doch mit der Zeit bemerkt, daß unter dem Schnauzbart, wenn auch nicht sichtbar, ein Mund verborgen war, der freundliche Worte wußte.

– Ich hab keine Zeit, Adrienne. Zum Rasieren hab ich keine Zeit.

– Was machst du denn den ganzen Tag. Mußt du wieder die Wände anschreien? Papa sagt, du schreist manchmal dich selbst an. Oder die Wände.

Er lächelte und gab keine Antwort.
Wenn die Eltern solche Gespräche belauschten, dachten sie zum einen, daß sie in Zukunft besser aufpassen müßten, was sie in Gegenwart der Tochter, die immer aufgeweckter wurde, sagten; zum anderen ermahnten sie Adrienne ziemlich unwirsch, zu dem Logiergast *Herr Professor* zu sagen, aber der wehrte nur sanft lächelnd ab.
– Lassen Sie sie doch.
Ihm war das Mädchen lieb. Nicht nur deshalb, weil sie sich nicht an den Streichen der übrigen Dorfjugend, eingeschlossen ihres Bruders, beteiligte. Das war eine rechte Rasselbande, immer darauf aus, einen halb blinden, schutz- und kraftlosen Mann wie ihn mit Bosheiten zu überziehen. Auch wenn's nur kleine Kinderbosheiten waren, ihn trafen sie ins Mark, ihn traf alles ins Mark, die Bosheiten wie die Schönheiten, das konnte sich nur niemand vorstellen. Zum Beispiel, daß er mit Tränen in den Augen von seinem ersten Spaziergang an den Silser See zurückkam: er mußte weinen vor so viel Schönheit. Er litt, voller Wonnen, selbst an der Schönheit.
Wer litt noch wie er?
Wer hatte noch solches Talent dazu?
Gott vielleicht?

5

Einmal hatten sie ihm kleine Steinchen in seinen zusammengeklappten Regenschirm getan. Regenschirm konnte man eigentlich nicht sagen, er nahm ihn bei jedem Wetter mit hinaus, bei Sonnenschein eigentlich noch mehr als bei Regen, wo er ihn schon mal vergaß. Es war mehr ein Lichtschirm, denn was seine kranken Augen absolut nicht vertrugen, war gleißendes Licht. Er, die Inkarnation des Dionysos, des Griechensohns, konnte keine Sonne vertragen, absolut keine Sonne. Deshalb der Schirm. Das war gleich das erste, was er Durisch aus seinem Gemischtwarenladen abgekauft hatte: einen leuchtend roten Schirm. Der stand nun stets griffbereit neben der Haustür, zusammengeklappt. Und da hatten ihm die Buben ein paar Handvoll kleine Steinchen hineingetan. Als er nun vor das Haus trat, sich über den herrlichen Sonnentag freute – er liebte die Sonne, auch wenn er sich vor ihr schützen mußte, sie war genauso gnadenlos wie er – und seinen Schirm aufspannen wollte, prasselte ihm ein Steinchen-Regen entgegen. Hinter einem Hartriegelbusch lauerte schon die Meute der Buben und feixte schadenfroh.

Der Professor drehte auf der Schwelle um, polterte unter Flüchen die Treppe zu seiner Kammer hoch ... und bekam augenblicklich Kopfschmerzen!

– So schlimm ist es nun auch nicht gewesen, sagten die Durischs. Aber unser Professor halt!

In Zukunft sorgten sie dafür, daß die Buben von dem Herrn Professor fernblieben. Nur die Adrienne, die durfte zu ihm. Beinahe jederzeit. Von ihr ließ er sich gerne stören. Nachdem er drei Tage im Bett gelegen war mit Kopfschmerzen von wegen der Hagelschläge aus dem Regenschirm, war sie es, die wieder in seine Kammer kam und fragte, ob sie nicht einen Spaziergang machen wollten, die Sonne scheine so schön.

Er hatte schon des öfteren Spaziergänge mit ihr gemacht.

Mit ihr war es schön. Er konnte mit ihr reden wie mit einer Erwachsenen. Das heißt, er *mußte* mit ihr reden wie mit einer Erwachsenen, denn wie man mit Kindern redet, war ihm völlig unbekannt, er hatte nie mit Kindern zu tun gehabt, ja sogar als er selbst noch ein Kind war, hatte er mit sich selbst nicht als mit einem Kind zu tun gehabt. Er war ein Fertiggeborener. Jüngster Philosophieprofessor aller Zeiten mit 25 Jahren. Ohne Promotion, direkt als ausstudierter Student auf den Lehrstuhl für klassische Philologie in Basel berufen. Oft war er, der Prüfer, bei den Examinationen jünger als die Prüflinge!

– Schau, ich brülle gar nicht mich selbst an, Adrienne, ich brülle die Welt an, sie hört nur nicht zu.

– Warum brüllst du sie an?

– Weil sie so unerträglich ist. Weil sie mich schmerzt. Alles schmerzt mich: das Sonnenlicht, die Steinchen im Schirm, die auf meinen Kopf regnen, auf einen der größten Köpfe der Menschheit!

Adrienne sah sich den Professor genauer an. So groß war sein Kopf gar nicht, nicht ungewöhnlich groß, nicht anders als beim Vater; nur sein Bart, der war groß, so groß, wie sie noch keinen gesehen hatte, selbst beim Großvater nicht, der einen gewaltigen Rauschebart hatte, aber dennoch einen Mund, der dahinter hervorlugte und lachte und vom Kautabak ganz braun verfärbte Zähne zeigte.

– Es schmerzt mich, wenn zu viele Leute auf der Straße sind, ich mag dann gar nicht hinausgehen, und was die alle schnattern! Zum Beispiel im Hotel *Edelweiß*, im Speisesaal, beim Mittagessen, es ist unerträglich. Am meisten schmerzt mich die Musik, die der Wagner macht. Aber alle Welt liebt ihn.

Wagner kannte Adrienne nur einen, im Nachbardorf. Der konnte die Deichsel auswechseln am Leiterwagen, wenn sie gebrochen war, oder den eisernen Reifen um das schwere Holzrad schmieden. Von einer Musik, die er angeblich machte, hatte Adrienne noch nichts gehört. Auch schien ihr, daß seine schwieligen Hände dafür viel zu grobschlächtig waren, für ein Musikinstrument wie Geige. Oder Zither. Der würde doch seine Wurstfinger nicht einmal zwischen die Stege bringen.
– Warum gehst du trotzdem jeden Tag ins Hotel *Edelweiß*?
– Der Mensch muß essen, Adrienne. Das muß er doch!
– Und da schmerzt es dich jedes Mal?
– Das kommt drauf an. Wenn das Kalbfleisch immer so zart wäre wie gestern ...
Der Professor machte ein verzücktes Gesicht.
– Dabei sind meine Zähne hervorragend, schau selbst!
Er riß den Mund auf. Man sah trotzdem nichts. Zuviel Bart davor.
– Was ich nicht ausstehen kann, ist zähes Suppenfleisch. Zähes, ewig lang ausgekochtes Suppenfleisch. Impertinent. Gemüse mit Mehlschwitze. Grauenhaft. Genau wie zuviel Fett. Sehnen ... abscheulich! Warum müssen am Fleisch immer Sehnen sein.
– Ich mag auch nicht die Einbrennsuppe, die die Mutti immer macht.
– Siehst du, es schmerzt dich.
– Nein, ich mag sie nur nicht. Ich hätt' viel lieber manchmal ein Stück Fleisch. Oder eine Scheibe von der Wurst. Sooo dick!! Heut abend gibt es wieder Kartoffeln. Bestimmt. Wie jeden Abend. Kartoffeln und alten Käse, schon ganz hart.

– Komm morgen in meine Kammer. Ich hab noch ein Stück von der Thüringer Rauchwurst. Wir teilen sie uns.
– Au, fein!
Sie kamen ans Ende ihres Spazierganges. Man sah das Durischhaus schon, wie es dalag zwischen Hotel *Edelweiß*, Alter Mühle und dem Haus der Familie Robbi. (Wie lange nahm sich der Professor schon vor, nun endlich einmal bei dem jungen Andrea vorbeizuschauen, der an verschiedenen Akademien in ganz Europa Malerei studierte und sommers immer heimkam zu den Eltern und zu den Oberengadiner Motiven.)
Adrienne sprang im Hopserschritt voraus, drehte sich gar nicht mehr um.
Und lachte.

6

Und dann, in den ersten Tagen, hatte er auch gleich den Silser See entdeckt. Und die Halbinsel Chasté, die in den See hineinragte. Sie wurde sein Lieblingsplatz. Man war dort ganz ungestört. Vor allem um sieben, acht Uhr in der Früh, wenn er seinen täglichen Morgenspaziergang zu machen pflegte, noch vor Beginn der Schreibarbeit in seiner Kammer. Die übrigen Sommergäste des Ortes, die im Hotel *Alpenrose* und im Hotel *Edelweiß*, die schliefen um diese Tageszeit noch. Und selbst später am Tag, zur Insel spazierten die nie. Da stand ja nicht einmal eine Bank. Der Professor mit seiner Umhängetasche, der legte sich einfach ins Gras. Er war ja kein *décadent* wie die anderen. Bezie-

hungsweise: er hatte es überwunden, sein *décadent*-Sein. Nur darauf kam es an. Alle seine schlechten, hinfälligen Seiten überwinden. Die Kopfschmerzen überwinden! Die Blindheit überwinden! Immer wieder genau die Plätze aufsuchen im Hochgebirge trotz der Blindheit, an denen absoluter Scharfblick nötig wäre, wo man ein Adlerauge bräuchte, um nicht einen fatalen, ja letalen Fehltritt zu tun.
Sehr liebte er auch den Platz über der Schlucht. Von unten hörte man einen Bach heraufrauschen. Direkt am Abgrund wurzelte eine kleine Krüppelfichte. Aber sie hielt stand.
– Siehst du, Fritz, sagte sich der Professor, was uns nicht umbringt, macht uns nur stark.
Er mußte wieder weinen. Lächerlich, daß er immer weinen mußte, sagte er sich.
Und dann der Weg zum Silvaplana-See und um den Silvaplana See herum. Oft stand der Professor schon um fünf Uhr früh auf, um den Spaziergang zum Silvaplana-See noch vor der ungeheuren Kopfarbeit, die auf ihn wartete, zu absolvieren. Erst eine Tasse Cacao im Bett, dann eine kurze Abreibung mit dem kalten Wasser aus der Schüssel, die ihm Durisch schon am Abend zuvor aufs Zimmer stellte, der glaubte ja, der Professor halte des Nächtens seine Füße ins Wasser, um nicht einzuschlafen am Schreibtisch. Dann ging's hinaus.
Zu so früher Stunde waren nur die Bauern unterwegs, keine Kurgäste. Die kannten ihren seltsamen Patron mit dem roten Sonnenschirm schon. So früh trug er ihn noch zugeklappt unterm Arm oder über der Schulter wie ein Gewehr. Eigentlich war er ja ganz umgänglich, der ewig Einsame und immer nur allein auf seinem Wanderweg Gesehene. Er sprach sogar mit ihnen, mit den Bauern. Alle

das Wetter betreffenden Beobachtungen schienen ihn ungeheuer zu interessieren. Und gibt es kundigere Wetterbeobachter als die Bauern? Darum sprach er so gerne mit ihnen. Übers Wetter konnte man mit ihnen stundenlang plaudern.

– Morgen, der Herr Professor. Wieder auf dem Weg zum See?

– Jaja, wie immer. Und du, Julian?

– Sense dengeln.

– Jaja, ich seh's. Sense dengeln, wie immer.

– Heute nacht hatte der Mond einen Hof. Das Wetter wird schlechter werden. Wir müssen sehen, daß wir mit dem Heu fertig werden.

Wie geschickt er das machte, der Julian, mit dem Hammer dem Sensenblatt eine unbarmherzig scharfe Schneide hinzudengeln. Wie man mit dem Hammer schärft! Der Gedanke freute den Professor.

– Sag einmal, Julian, was würdest du eigentlich tun, wenn du einmal gar nichts zu tun hättest?

– Wie meinen Sie das, Professor?

– Wenn dir die Zeit ganz frei zur Verfügung stehen würde?

– Ah so. Ich bräuchte mich also gar nicht hetzen?

– Ja. Und du könntest auch tun und lassen, was dir gefällt. Was würdest du da machen?

– Ich würde aufstehen, in den Stall gehen und das Vieh füttern.

– Aber das machst du doch sowieso jeden Tag.

– Ja, freilich. Und dann würde ich in aller Ruhe hinausgehen und die Wiese mähen.

– Aber das ist doch das gleiche wie immer.

– Ja, aber ich würd's ganz in Ruhe machen. Sie sagen doch: Wenn ich einmal Zeit hätt' ...

– Ja, würdest du denn gar nichts Außergewöhnliches machen wollen?
– Ja, vielleicht ins Wirtshaus gehen am Abend und ein Achtel Roten trinken.
– Aber das tust du doch sowieso.
– Ja, manchmal.
– Also immer das gleiche!
– Wieso?
– Aufstehen, Vieh füttern, Wiese mähen, Heu wenden, vielleicht ein Achtel Roten trinken, am Abend.
– Ja genau, so geht's, Tag für Tag. Schön wär's, wenn man sich mal nicht hetzen müßte. Alles schön in Ruhe.
– Aber immer das gleiche?
– Ja.
– Ewig dasselbe?
– Ja doch!
– Aha.
– Heut' bleibt's noch trocken, was meinen Sie, Professor?
– Jaja.
– Und ... wieder zum See? Schön ist es da ja schon.
– Ja, Julian, sehr schön. Jeden Tag wieder. Und vielen Dank auch, Julian.
Wieso bedankte sich der Professor denn? Etwas seltsam war er ja schon. Jetzt spannte er den Regenschirm auf. Dabei schien doch die Sonne! Allerdings: die ersten, noch ganz feinen Schleierwölkchen kamen auf. Ob der Professor den Regen schon spürte, wenn er noch ganz weit weg war? Vielleicht war er ein noch empfindlicherer Wetterbeobachter, Wettervorausahner als sie selbst, die sie im Tal geboren und aufgewachsen waren? Jedenfalls konnte man mit ihm reden. Ja, doch, das war ein Mann, mit dem man reden konnte.

Der Professor aber ging zu dem mächtigen, pyramidenförmigen Granitblock, direkt am Ufer des Silvaplana-Sees, und dachte nach.

7

Ab Mitte August hatte das sonnige, für Sils-Maria ungewöhnliche heiße Wetter plötzlich ein Ende. Es zogen Gewitter auf, Stürme, und es folgte eine Reihe von Tagen mit dem unangenehmsten, naß-kalten Wetter, das schließlich sogar in Schneetreiben überging, und das am 2. September. Der Professor litt fürchterlich in seiner ungeheizten Kammer. Litt an seiner Wetterfühligkeit. Weltfühligkeit! Hatte sonst noch jemand, ein zweiter, so ein Gespür für die Aufgeladenheit der Luft wie er? Zog jemand die Wetter an wie er? Wenn schwerste Gewitter aufzogen, wie sie der Professor noch nie erlebt hatte, erst hier im Engadin, dann schien es ihm, daß die Blitze allein aus dem einen Grunde in das Inntal niederzüngelten, nämlich um ihn zu treffen. Er war von einer für einen Menschen im Grunde gar nicht zu ertragenden electricitären Anziehungskraft. In der Zeitung las er, gerade in jenen Augusttagen finde in Paris eine große Ausstellung statt, die die Wunder der Electricität vorführe, und er dachte: eigentlich sollte ich dort sein ... und zwar als Ausstellungsgegenstand!
Was er brauchte, war der reine, ja der reinste, nicht einmal vom kleinsten Wölkchen getrübte Himmel. Den Blick in das strahlend blaue, eisige Nichts. Den Durchblick hinaus in den fernsten Äther.

Und jetzt dieses ewige Wolkenauf- und -durchziehen. Vielleicht war Sils-Maria ja doch nicht der richtige Ort. Schmerzlich, kopfschmerzlich!, kam ihm zu Bewußtsein, daß er hier, 6000 Fuß über Zeit und Menschen, den Wolken ja viel näher war. Er hatte das Gefühl anzustoßen, mit seinem ungeheuren Kopf an den Wolken anzustoßen. Warum hatte er das nicht bedacht? Größter Denker, der er war, und ausgerechnet dies nicht bedacht.

– Mein Gehirnleiden ist sehr schwer zu beurtheilen, schrieb er der Mutter, die sich ständig Sorgen machte um ihren Fritz und seine Kopfschmerzen. Lange Unterhosen würde er jetzt brauchen und noch mehr Wollsocken, die er doppelt übereinander trug. Und warum er nicht zum Arzt gehe, irgendeine Autorität konsultiere, fragte sie mahnend in ihren Briefen. Wohne nicht gleich im Nachbarhaus, wie er ihr geschrieben habe, ein Arzt, der bereits in Würzburg und München praktiziert habe, sicherlich eine Kapazität auf seinem Gebiet.

Was wußte die Mutter schon! Nichts. Durchaus gar nichts! Wußte nichts und verstand nichts. Seine täglichen, beinahe stündlichen Selbstbeobachtungen – wie war der Stuhlgang, der Puls, der Appetit? –, sie hatte nicht die geringste Ahnung davon. Er war doch längst allen Ärzten überlegen. Deshalb stellte er sich auch selbst seine Rezepte aus, auf denen er stets neue Medikationen ausprobierte und die er kurzerhand ganz dreist und unverstellt mit seinem eigenen Namen unterschrieb – noch nie hatte ein Apotheker bisher gestutzt. Sein Studium tiefgreifender Werke war doch viel gründlicher als die Quacksalberei dieser Bauerndoktoren. Erst neulich hatte er sich aus der Bibliothek in Chur ein höchst aufschlußreiches Werk kommen lassen, *Das Ober-*

engadin in seinem Einfluß auf Gesundheit und Leben, und er war sich während der Lektüre mehr und mehr klar darüber geworden, daß Sils-Maria sein Schicksal sein würde, längst geworden war, sein Gesundheitsschicksal.
Wenn er daran dachte, was er noch denken mußte! Zu Ende denken!! Was er noch vorhatte. Ungeheuerliches. Eines war ihm klar: Es könnte sein, daß er zu jenen Maschinen gehörte, die, überstrapaziert, eines Tages ohne Vorankündigung zerspringen. Er brauchte eine halbwegs stabile Konstitution. (Und nicht zu nah die Wolken!) Keinem mußte mehr daran gelegen sein als ihm selbst, seine Krankheit in Schach zu halten. Was sollten also die Ermahnungen der Mutter? Er wußte selbst am besten, wie er seine Körpermaschine zu warten hatte. Chloral für die Nacht, Abführpillen für den Tag. Am besten die aus der Tuchenschen Apotheke in Naumburg; die italienischen halfen ja nichts. Mit allem anderen sollte man ihn in Frieden lassen.
Vor allem mit guten Ratschlägen. Ratschlägen von der Mutter, in deren Rücken zudem die Schwester lauerte. Wie sie ihn anekelten.
– Warum muß der Mensch Familie haben, dachte der Professor und sah aus dem Fenster auf den dunklen Lärchenwald. Von den Zweigen tropfte der schon tagelang anhaltende Regen.
– Ich werde weiterreisen nach Genua. Noch weiter weg von Naumburg. Morgen sag' ich den Durischs Bescheid.
Er bestimmte seine Abreise auf den ersten Oktober.
Ob es ihm gefallen habe, hier in Sils-Maria? fragte die Frau Durisch. Ob sie wieder mit ihm rechnen dürften, im nächsten Sommer? der Herr Durisch.
Und Adrienne, als sie noch einmal allein mit dem Professor

draußen auf der Treppe vor der Eingangstür stand, er unten, sie zwei Stufen weiter oben, also fast auf gleicher Höhe:

– Warum mußt du weg?

– Weil es zu schneien anfängt und zu kalt wird für mich.

– Wir bleiben doch auch hier! Ich freu mich auf den Schnee.

– Da hast du recht, Adrienne. Freu dich nur.

– Magst du Schnee nicht?

– Wenn er nur nicht mit diesen grauenhaften schwarzen Schneewolken verbunden wäre. Ich hasse ziehende Wolken. Wenn die Flocken aus heiterem Himmel, eisig-heiterem Himmel herunterschaukelten, ja dann, dann wäre er schön, der Schneefall ...

– Kommst du nächsten Sommer wieder?

– Aber natürlich, Adrienne, nächsten Sommer ... dann bist du schon sieben.

– Bringst du mir etwas mit?

– Was soll ich dir denn mitbringen?

– Kuchen!

– Einen Panettone aus Genua?

– Ja!

– Da freust du dich, nicht wahr?!

– Ja. Was ist ein Pampe ...?

– Panettone. Du wirst staunen.

– Ja. Kommst du auch ganz bestimmt?

– Natürlich, ich werde doch meine Adrienne nicht warten lassen. Wenn der Löwenzahn blüht und die Kühe auf die Weide hinausdürfen, dann komme ich bald.

– Ja.

Der zweite Sommer

»Eben noch hat er sich geschworen, der Mutter keinen Brief mehr zu schreiben, da treffen wieder die Socken und Würste aus Naumburg ein.«

Rüdiger Safranski

8

Die Obstbaumblüte war schon vorüber, das erste Kälbchen hatte sich, unerfahren mit der Freiheit auf den steilen Bergmatten, in ein Geröllfeld verlaufen, im Hotel *Alpenrose* saßen die älteren englischen Damen auf der Terrasse, und die Postkutsche aus St. Moritz brachte täglich neue Kurgäste. Nur der Professor war nicht dabei.

Adrienne bemerkte das Fehlen ihres Freundes vom vergangenen Sommer nicht wirklich, auch wenn sie manchmal nachdenklich an der leeren Kammer im oberen Stock vorbeiging und meinte zu spüren, daß da irgend etwas fehle. Sie mußte doch mit Robert Blutegel fangen aus dem seichten Weiher bei der Alten Mühle und in einem Einweckglas mit etwas Wasser dem Apotheker bringen. Für die Mutter sammelte sie Holunderblüten, und beim Großvater gab es einen frischen Wurf niedlicher Stallhasen, der gestreichelt werden wollte.

– Na, der Professor, fiel es manchmal Gian am Abend ein, wenn er mit der Frau auf der Hausbank saß. Daß der gar nichts hören läßt. Kein Brief, kein Telegramm, nichts. Nicht daß es ihnen um die Kammer ging, die nun ungenützt leer stand, an jemand anders vermieten konnte man die eh nicht. Viel zu klein war sie, da waren die Kurgäste mittlerweile ganz anderes von der *Alpenrose* und dem *Edelweiß* und demnächst auch dem *Kursaal* in Maloja her gewöhnt. Aber Gedanken machten sie sich halt. Um den Professor. Und seine Krankheiten.

Der aber ließ nichts hören. Den ganzen Sommer über nicht.

9

Im darauffolgenden Jahr, Mitte Juni, kam er mit der Postkutsche aus St. Moritz. Er saß unten, im geschlossenen Teil des Wagens. Es ging ein unangenehm kalter Wind und es regnete in kurzen Abständen. (Zwei Tage später sollte Sils-Maria sommerlich eingeschneit sein.) Aber das Wetter allein war es nicht, warum er sich diesmal nicht auf das Dach der Kutsche setzen wollte. Ihm war nach Verkriechen, restlosem Verschwinden aus der Welt.

Als er vor Durisch stand, schien es dem, als ob der Schnauzbart des Professors noch ein, zwei Zentimeter länger geworden wäre. Mund sah man nun gar keinen mehr. Alles an ihm drückte nieder: dieser traurige Seehundbart, die hängenden Schultern, die mit Papieren vollgestopfte Lederumhängetasche.

– Wo haben Sie Ihr Reisegepäck, Herr Professor?

– Ich hab fast keines mehr, Gian. Brauch keines mehr!

Als Adrienne hinzugelaufen kam, aus der Küche, wo sie der Mutter geholfen hatte, und den Professor auch gleich erkannte und mit einem leisen, unsicheren *Gruetzi* begrüßte, da standen ihm schon wieder die Tränen in den Augen. Aber nicht, weil es so schön war. Eher traurig. Na ja, traurig-schön schon auch.

– Ach, Gian, daß ich nur wieder bei euch bin. Meine Höhle, die Kammer ... sie ist doch noch frei?

– Aber Herr Professor, sie war immer frei. Wir haben gewartet auf Sie, letztes Jahr. Den ganzen Sommer über gewartet.

– Ach, Gian, die Menschen, sie sind eine einzige Enttäuschung. Was ich erleben mußte an Heimtücke sogenannter bester Freunde! Dieser Ekel, Gian!! Ich wünsche Ihnen, niemals solche Erfahrungen machen zu müssen. Es sind die bittersten.

– Ja, sicher, Herr Professor.

– Aber erzählen Sie doch, wie es Ihnen ergangen ist?

– Unser Ochse ... wir mußten ihn schlachten, letzten Herbst. Maul- und Klauenseuche.

– Nein!

– Doch. In ganz Sils-Maria zwei Dutzend Stück Vieh.

– Wegen der Maul- und Klauenseuche?

– Ja.

– Schlimm.

– So verliert jeder etwas.

– Da haben Sie recht, Gian.

Und der Professor schaute, daß er in seine Kammer kam.

10

– Was er nur hat, sagte ein paar Tage später die Durischin zu ihrem Mann. Auch ihr war gleich aufgefallen, wie verändert der Professor war.

– Ich weiß nicht. Jetzt will er die Kammer dunkel haben. Noch dunkler.

– Wo sie doch eh schon so finster ist.

– Ja, aber es blendet, sagt er. Das Weiß von den Wänden blendet ihn. Ich soll es grün streichen, das Zimmer. Er will jetzt jeden Sommer kommen, sagt er. Ganz bestimmt. Da unten hat er niemanden mehr. Ich sag': Aber Ihre werte

Frau Mutter, Ihre werte Frau Schwester. Da hätt' er beinahe zu toben angefangen. Das sei ihm der allergrößte Ekel überhaupt, mit solchen Unmenschen durch Blutsbande verbunden zu sein. Ich soll ihm nie mehr von der Schwester reden. Die Mutter ist für ihn gestorben.

– Mein Gott, er versündigt sich ja. Was er nur hat?

– Ich glaub', es ist eine Frauengeschichte. Und sie, die Schwester, hat sie ihm vermasselt.

– Ja, meist sind es in so einem Fall Frauengeschichten.

– Andererseits: bei unserem Professor. Kannst du dir das vorstellen?

– Mach ihm die Kammer grün. Zur Beruhigung.

– Ich hab mir gedacht, ich tapeziere sie gleich. Nicht streichen, gleich tapezieren. Das hält länger.

– Mit dunklem Tuch?

– Ja, mit dunkelgrünem Tuch. Ganz finster, so wie er es haben will.

11

Abends saß er jetzt in seiner grünen Höhle. Aß Corned beef aus Büchsen, als Beilage englischen Biskuit. Beides kaufte er unten im Laden bei Gian ein. Auch den schwarzen Thee. Er redete sich ein, diese süß-salzige Diät sei momentan die einzig ihm gemäße. Was hatte er nicht schon alles ausprobiert, an sich selbst ausprobiert mit den verschiedensten Diätversuchen. Erst rein vegetarisch, dann nur Fleisch. Einmal schwor er ausschließlich auf rohe Eier, das andere Mal auf Polenta mit einem Glas Milch.

Billig mußte es sein. Das war seine neueste Diät. Er brauchte das Geld für etwas weitaus Dringlicheres als Essen. Für seine Bücher! Die mußte er alle selbst drucken lassen, bei Naumann in Leipzig. Selbst drucken und vor allen Dingen selbst zahlen. Er fand ja keinen Verleger, keinen Mäzen. Sparte er sich halt die Bücher vom Munde ab. Mit Corned beef und Biskuit. Auch recht.

Nur: Ab und zu eine Wurst oder ein Schinken aus Naumburg, das wäre schon wünschenswert gewesen. Als Notproviant. Honig, wie ihn die Schwester schickte, war natürlich eine Katastrophe. Honig auf dem Postweg. Wie konnte man dermaßen beschränkt sein.

– Gewöhnlich läuft Honig unterwegs aus!! schrieb er ihr. Oder besser: schrie er ihr. Alles mußte man ihr und der Mutter schreien.

– Packt die Wurst zwischen zwei Brettchen, sonst bricht sie. Hatte er nicht wahrlich an anderes zu denken? Aber jetzt würde er gar nichts mehr schreiben. Aus, Schluß! Ende der Familienbande!!

Die Briefe der Schwester waren das Ärgste. Im Grunde nicht zu ertragen. Wie der von ihr stets falsch benutzte Konjunktiv ihn schmerzte! Solche Briefe waren Gift für ihn! Es war eine Frage des Selbsterhaltungstriebes, mit dieser analphabetischen Familienkanaille zu brechen. Er mußte einen letzten Brief an die Schwester aufsetzen, entwurfshalber. Gedankenentwurfshalber.

– Ich habe noch Niemand gehaßt, ausgenommen Dich!

Eine geschlagene Stunde saß er vor dem Blatt Papier mit diesem einzigen Satz. Dann zerknüllte er es und warf die Papierkugel unters Bett.

12

Eine Woche später kamen sie wieder, die Würste aus Naumburg. Unaufgefordert. Nach Sils-Maria diese Lockwürste aus Naumburg. Sie sollten ihn wieder in den Kreis der Familie zurücklocken, das war doch klar ... absolut durchsichtig. Dieser Duft der Würste aus einer Naumburger Fleischerei sollte seinen Widerstand brechen.
Er hatte sich geschworen, keinen Brief und kein Paket der Mutter mehr entgegenzunehmen. Mit der Mutter war er fertig. Genau wie mit all den anderen. Peter Gast vielleicht ausgenommen.
Doch sie dufteten so thüringisch-verführerisch selbst durch das Packpapier des sorgsam mit einer Schnur zusammengebundenen Päckchens. Den beigelegten Brief schob er gleich, zusammengefaltet wie er war, zur Seite, packte nur die Würste aus dem fettigen Wachspapier aus. Den Brief würde er nicht lesen. Niemals! Auf gar keinen Fall! Aber die Wurst schnitt er in mundgerechte Scheiben her.
Es war immer das gleiche. Immer wiederkehrend diese Päckchen und Briefe der Mutter, nachdem sie sich gestritten, nein: zerworfen hatten. Hatte er ihnen, der Mutter *und* der Schwester, nicht deutlich genug zu verstehen gegeben, welchen Widerwillen und Ekel es für ihn bedeutete, mit solchen Menschen wie ihnen nahe verwandt zu sein? Und jetzt wieder diese Beschwichtigungswürste! Der immer gleiche, halb schmeichlerisch-fürsorgliche, halb drohend-mahnende Ton.
– Zieh auch ja lange, wollene Unterhosen an. Gerade jetzt Ende September, wo es kühler wird.

Er saß am Tisch, schnitt die Wurst und äffte laut die Stimme der Mutter nach.
– Denk an deinen Magen.
– Zuviel lesen ist schlecht für deine Kopfschmerzen.
– Sicher ist es in diesem Bergkaff wieder eisig kalt. (Wenn sie gewußt hätte, daß seine Kammer nicht einmal beheizbar war!)
Sie hatte keine Ahnung von der Luft hier. Naumburgverhockt wie sie war. Unvorstellbar philiströs.
Er schnitt noch einmal vier Scheiben ab, etwas breiter, stellte sie auf wie vier Räder eines Wagens, Leiterwagens vielleicht ... oder nein: eines Thespiskarrens, ja genau, dieser Thüringer Rauchwurstwagen war der Thespiskarren für die Aufführung seiner Familienkomödie, er in der Rolle des dionysischen Hanswurstes ... Hansthüringerwurstes ... übermütig-vergnüglich schob er sich die Räder, eins nach dem anderen, hinter seinen Schnauzbartvorhang in den Mund. In Folge der Kaubewegungen wippten die Bartenden nun heftig.
Er fingerte mit ausgestrecktem Arm den zusammengefalteten Brief der Mutter, den er auf der Tischplatte weit von sich geschoben hatte, auseinander.
– Lieber Fritz ...
Immer das gleiche. Auch die Anrede in den Briefen, immer das gleiche. Mit den Würsten hatte sie ihn wieder eingefangen. Dabei wollte er doch mit dieser Familie nichts mehr zu tun haben. Nicht mit der Mutter und nicht mit der Schwester. Es verursachte ihm Brechreiz, ihre Briefe lesen zu müssen. Er wollte der erste Mensch ganz ohne Familie sein. Der Familienlose. Der über die Familie Hinausgehende. Der Übersohn!

Wie beschränkt sie waren. Aber gleichzeitig wie perfide. Die Schwester hatte ihn mit der Büste gelockt. Nachdem sie sich heillos zerstritten hatten wegen dieser jungen Russin, Lou Salomé, die er unter Umständen und wenn, dann auch nur auf Zeit (zwei Jahre vielleicht), zu ehelichen gedacht hatte. Nicht zuletzt die intrigante Schwester hatte sie auseinandergebracht. Sie und die Mutter hatten ihn, bei Anrufung des Vatergrabes, als Dämon hingestellt, als das verruchteste, verdorbenste Subjekt schlechthin, nur weil er mit Lou und dem Freund Paul Rée in Paris eine Ehe zu dritt plante. Für sich allein konnte er sie nämlich nicht haben, die junge, kluge, allerdings etwas kränkelnde Russin. Das Zerwürfnis mit Mutter und Schwester war schon vollzogen, als er feststellen mußte, daß ihn Lou und Paul hintergingen und doch eine wilde Ehe zu zweit der eher nur akademisch-wissenschaftlich-philosophischen Ehe zu dritt vorzogen.

– Schwester, wie recht du hattest!

Er ließ sie nun auf das übelste und verleumderischste über die ehemalige Freundin herziehen ohne ein Widerwort. Nun auch noch Rache zu üben, war ihm zu anstrengend. Dafür sorgte die Schwester. Sie nannte die Russin eine Hexe und eine Dämonin. Und überhaupt wasche sie sich nicht einmal.

– Unbescheidene Moralschwätzerei, dachte er sich und war sie so leid, die Naumburger Philister.

Um den Geschwisterbund zu erneuern, bot sie ihm an, er solle nach Venedig mit ihr reisen und sich dort von einem Künstler eine Porträtbüste anfertigen lassen. Ton oder Erz, fragte sie noch. Nach langer, langer Zeit des vernichtenden Schweigens gegenüber der Schwester sagte er nun endlich wieder ein Wort. Nein, zwei!

– Erz natürlich!

Die Schwester hatte, erfolgreich, wie er sich jetzt eingestehen mußte, mit der Büste gelockt, die Mutter mit den Thüringer Würsten. Womit auch sonst? Sie war ja so unvorstellbar beschränkt. Ohne die geringste Vorstellung, woran ihr Sohn arbeitete, die nächsten zehn Jahre zu arbeiten haben würde! Beschränkt und bigott. Wahrscheinlich betete sie sogar für ihn. Steckte Opferkerzen für ihn an, in der Naumburger Stadtkirche. Für ihn! Kirchenkerzen!! War das nicht zum Schreien lachhaft. Er aß die letzte abgeschnittene Scheibe der Thüringer Rauchwurst und bemerkte, daß er fast zwei Drittel der gesamten Stange – und das ohne ein Stück Brot und einen Schluck Wasser – hinuntergeschlungen hatte.

– Luft! Er schrie jetzt: Luft! Luft, aber bloß kein Licht. Und riß das Fenster auf. Spürte ein Würgen.

Jetzt war ihm endlich schlecht.

Er spürte das langsame Heraufziehen rasender Kopfschmerzen, die ihn wieder ein, zwei Tage auf das Bett werfen würden. In regelmäßigen Abständen würde er sich erbrechen müssen. Gian, der Hauswirt, würde auf dem Bettrand sitzen, ihm die Hand und den Kotzkübel halten.

Und wie schön würde es werden, wenn all dies wieder nachließ, das Schädeldröhnen und das Würgen in der Speiseröhre. Wie neugeboren würde er sich wieder an die Arbeit machen können. Zwölf Stunden am Stück.

Wie gut, daß er die Wurst gegessen hatte.

13

Na gut, verzieh er ihnen halt noch einmal. Sie durften ihm wieder Würste schicken. Er erlaubte es ihnen. Schriftlich. Aber die richtigen sollten es sein! Die letzte war zu trocken gewesen. Lachsschinkenwurst. Am besten gleich sechs Kilo. Das würde drei Monate lang reichen, den ganzen Silser Sommer über reichen. Er aß nichts anderes mehr zum Abendbrot. Lachsschinkenwurst und Pfeffernüsse, beides von der Mutter aus Naumburg. Die Süß-salzig-Diät.

– Wer oft krank ist, hat noch größeren Genuß am Gesundsein, sagte er sich. Und im Befehlston:

– Aufschreiben!

Er mußte sich selbst immer wieder zur Räson bringen, damit er nicht vergaß, einen jeden seiner großartigen Gedanken aufzuschreiben. Über den Tisch verstreut lagen verschiedene Zettel und Notizbücher. Er nahm sich eines und schrieb:

– Die kränklichen Schriftsteller pflegen einen viel sichereren und gleichmäßigeren Ton als die körperlich Robusten, weil sie besser auf die Philosophie der seelischen Gesundheit und Genesung achten mit ihren Lehrmeistern: Vormittag, Sonnenschein, Wald und ...

Er blätterte um. Das Notizheft war voll. Die Schwester würde ihm neue schicken müssen. Noch wichtiger als die Schinken und Würste waren ihm die Notizbücher. Aber daß es auch ja die richtigen waren! Er riß eine Seite aus als Papierprobe. Kritzelte schnell einen Zettel an die Schwester:

– Anbei das Format. Ja nicht größer!

Dann machte er zwei Striche.

– Die Linien müssen so sein! Nur so der Abstand!! Ja nicht anders.
Warum waren sie in Naumburg so unvorstellbar beschränkt? Warum mußte er immer noch wie ein Anfänger mit dem geringsten Arbeitszeug vorliebnehmen? War ihnen immer noch nicht klar, welche Aufgabe er zu erfüllen hatte? Bleistiftstärke 2. Aber bloß nicht mehr von FABER. FABER war sein Ruin. Sie wußten doch, daß er schlecht sah.
– Nicht die Brille aufsetzen auf der Straße! notierte er auf das letzte Fitzelchen unbeschriebenen Papiers. Ob er sich in Durischs Gemischtwarenladen mit Schulheften versorgen sollte, vorübergehend? Aber die hatten nicht das richtige Format. Schulhefte, das war nicht das richtige Format für einen wie ihn. Die Notizen aber waren beinahe das Wichtigste. Er mußte sich doch alle die Dinge aufschreiben, die einerseits furchtbar wichtig waren, mit denen er aber andererseits sein Gehirn, in dem sich gerade Theil zwei und drei des *Zarathustras* entwickelten, auf keinen Fall belasten konnte.
– Keine Briefe mehr schreiben!
– Vor dem Bettgehen die Wollsocken anziehen!
Er mußte es sich immer wieder aufschreiben, sonst vergaß er es.
– Draußen auf der Straße auf keinen Fall die Brille aufsetzen. Dies ist eine Kammerbrille! Nur in der Kammer verwenden!! Niemals auf der Straße!!!
Erstens könnte sie verlorengehen und zweitens mußten die Leute ja nicht unbedingt gleich, gewissermaßen auf den ersten Blick merken, daß er in Wahrheit halbblind war. Viel lieber war es ihm, wenn sie von ihm dachten, er sei so etwas wie ... wie ein Adler, ein Hochgebirgsadler, der hier in Sils-

Maria seine einsamen Kreise zog. Aber doch nicht mit Brille! Ein Brillen-Adler!!!
Manchmal konnte er seine eigene Schrift nicht mehr lesen. Waren es drei Ausrufezeichen oder erst zwei, hinter dem Brillenadler? Hieß es *Abends warme Kleider* oder doch *Albern warmes Klima*? Sogenannte Wetterbeobachtungen waren seine größte Leidenschaft beim Notizenmachen, neben Krankenberichten, die eigene Person betreffend, und natürlich seiner Hauptarbeit: *die Umwertung aller Werte.* – Oder stand da: *Die Umdrehung aller Worte*?
Sollte er *Löffel für Thee* kaufen oder war ihm eine neue Losung eingefallen für seine antichristliche Kampfschrift: *Lobe den Thor*, gemeint war der Sohn Odins. Die Aufzeichnungen gerieten ihm doch zusehends durcheinander. Er würde ein System von Notizbüchern anlegen müssen. In das Merkheft, das mitunter auch einfach nur Einkaufslisten enthielt, kamen unversehens einige seiner philosophischen Paragraphensätze zu stehen:
Spiritus
Seife
Zucker
§ 7: Denken lernen: man hat auf unseren Schulen keinen Begriff mehr davon.
Umgekehrt stand aber auch plötzlich mitten in seinen philosophischen Manuskripten ein Satz wie *Überrock der Durischin geben zum Abändern: die Ärmel zu kurz! Auf einmal sind die Ärmel zu kurz! Sollte alles an mir wachsen?*
Oder spielten ihm nur seine Augen einen Streich?
Seine Hände zitterten oft beim Schreiben. General a. D. Simon hatte ihm empfohlen, unbedingt *Soennecken's Rundschreibfedern* zu verwenden.

– Die machen selbst die allergrößte Sauklaue eines Silser Bauernbuben noch halbwegs lesbar.

Soennecken's Rundschreibfedern, die Durisch auf Empfehlung des Herrn Simon in sein Sortiment aufgenommen hatte, halfen aber auch nicht. Hieß es *keine Bücher mehr kaufen ! !* oder *offner Bühne mit ihm raufen ! !* – womit nur Wagner und die öffentliche Abrechnungsschrift gegen ihn gemeint sein konnte, die dem Professor schon des längeren im Kopf herumspukte. Er hatte auch schon etliche Aufzeichnungen dazu gemacht, konnte sie allerdings nur mehr teilweise entziffern. Manchmal dachte er: Vielleicht drucke ich all meine Bücher nur deshalb, damit ich sie einmal vollständig entziffern und lesen kann!

Paul Rée war es gewesen, der ihn auf die Erfindung eines Dänen mit Namen Malling-Hansen aufmerksam gemacht hatte: eine mechanische Schreibmaschine! Einmal eingeübt in die Lage der verschiedenen Hebelchen würde es möglich sein, ohne hinzusehen, gewissermaßen blind, die Tastatur dieser Wundermaschine zu bedienen. Welch eine Entlastung für seine kranken Augen. Außerdem gefiel ihm der Gedanke, in Zukunft seine dynamitischen Werke aus einer Art Maschinengewehr heraus abzufeuern, der Geruch von Schmieröl und Metall, wie ein frisch gereinigter Pistolenlauf, müßte ungeheuer anregend sein für die Arbeit an seiner stahlkalten Philosophie.

Er schrieb diesem Herrn Malling-Hansen. Nach Kopenhagen. Zur Antwort erhielt er, das sechs Pfund schwere und acht Zoll lange Instrument koste, Transport nicht mit eingerechnet, 375 Reichsmark.

Das konnte er gleich wieder vergessen, sich aus dem Kopf schlagen. Außer er würde Overbeck durch subtile Andeutungen dazu bringen, ihm unter die Arme zu greifen. Er berichtete ihm genauestens über die Funktionsweise der Maschine, über Ausstattung und Kosten. Sogar eine Schriftprobe legte er bei, die er von Malling-Hansen bekommen hatte. Die Maschine schrieb nur in Versalien, was ihm durchaus recht war, so bekamen seine Manuskripte etwas römisch Antikes. Daß der Anschaffungspreis seine finanziellen Möglichkeiten in geradezu grotesker Weise überstieg, erwähnte er mit keinem Wort. Nur, daß er sich nicht einmal Strümpfe leisten könne.

– Ich friere so unvorstellbar, setzte er an das Ende des Briefes.

Overbeck verstand. Der gute, alte Freund.

14

Wenige Wochen später stand sie, ausgepackt aus dem Mahagonikistchen, vor ihm auf dem Tisch inmitten von Eierschalen, Kaffeetassen, Manuskripten, einem Rasierpinsel und aufgeschraubten Tintengläsern. Das Ungetüm sah aus wie ein Igel. Statt der Stacheln stellten sich kleine Hebelchen zu einer Art Halbkugel auf, jeder der Hebel hatte an der Spitze ein rundes Blättchen, auf dem ein Buchstabe stand. Mühsam klemmte er ein Blatt Papier in die dafür vorgesehene Walze ein. Er berührte das A. Nichts geschah. Man mußte doch einiges an Kraft aufwenden, wie er jetzt feststellte. Die Hebel geradezu niedertrommeln, niederschmettern. Schnell schmerzten da die Fingerkuppen.

Einen hastig hingekritzelten Satz aus dem die letzten Tage unaufhaltsam zum Ende hin drängenden *Zarathustra*-Manuskript wollte er ausprobieren.
WOOHLAN! WOKLAUF? IHF HOEOHEREN MEMFCHEN& ?! NUM KRIESSST DER BERGH DER MESCHEN-ZUHUNFT32!

15

Wie schöne Sätze er wieder geschrieben hatte! Er lehnte sich zurück in seinem Stuhl und griff wahllos in den Zettelhaufen.
Wer in Blut und Sprüchen schreibt, der will nicht gelesen, sondern auswendig gelernt werden.
Herrlich. Und erst der:
Von allem Geschriebenen liebe ich nur das, was einer mit seinem Blute schreibt. Schreibe mit Blut: und du wirst erfahren, daß Blut Geist ist.
Die Maschine des Herrn Malling-Hansen stand im Eck und verstaubte. Seit Tagen schrieb er wieder nur mit der Schreibfeder oder mit Bleistift. Vielleicht einmal ein Brieflein auf der Maschine, das ja, mehr aus Spielerei und um die Adressaten seiner Sendschreiben zu überraschen: er als Maschinendichter, wo sie ihn doch alle außerhalb der zivilisierten Menschheit angesiedelt glaubten, in einem Bergbauerndorf, er zeigte sich als der modernste von allen, schrieb gar schon maschinell! Seine Denksätze allerdings, das hatte er bald schon festgestellt, mußten aus der Hand fließen, gewissermaßen die Bewegungen des Blutes nach-

zeichnen, in Schwüngen und Kreisen und jedes zweite Wort unterstrichen.

Wie schön sie waren, diese Sätze. Er liebte jeden einzelnen wie ein großes, lang konzipiertes, mühsam herausgemeißeltes Werk.

Ich habe gehen gelernt: seitdem lasse ich mich laufen.

Großartig. Er würde einmal ein Buch schreiben, auf jeder Seite nur ein Satz. Oder noch besser: im ganzen Buch nur ein einziger Satz. Auf hundert ansonsten leeren Seiten irgendwo versteckt der eine entscheidende Satz!!

Die Luft dünn und rein, die Gefahr nahe und der Geist voll einer fröhlichen Bosheit: so paßt es gut zueinander.

Wie gut, daß er seine Sätze jeweils einzeln auf ein Blatt Papier oder einen ausgerissenen Zettel schrieb. So konnte er sie mühelos gegeneinander verschieben.

Ich habe fliegen gelernt: seitdem will ich nicht erst gestoßen sein, um von der Stelle zu kommen.

Würde das nicht zum Gehenlernen passen? Und der hier, den weiter nach oben:

Es ist nicht leicht möglich, fremdes Blut zu verstehen: ich hasse die lesenden Müßiggänger.

Das war das Schönste an der Schreibarbeit, das Hin- und Herschieben der Sätze. Eigentlich spielte es gar keine Rolle, welcher Satz auf welchen folgte. Darum fing auch jeder Satz mit einer neuen Zeile an. Immer wieder voraussetzungslos von neuem in der neuen Zeile beginnen! Jeder Satz eine Morgenröte. Heraufdämmern einer neu geborenen, nur in dieser Zeile existierenden Sprachwelt. Im Grunde müßte man jeden dieser Sätze sieben Tage lang lesen, nachsprechen – nachgehen vor allem, im Freien! –, bedenken, von neuem lesen. Und schließlich erkennen, wie wohlgeraten er war.

Ach, war das schön!
Aber wenn er daran dachte, wie sie es herunterlesen würden, diese Schnell- und Überleser, dann hatte er gute Lust, all seine Zettel mit den daraufstehenden Sätzen auswendig zu lernen und sie anschließend zu vernichten. Und nichts mehr übrigzulassen von seiner ja doch nie verstandenen Denk- und Schreibarbeit.
Er schob die über den Tisch ausgebreiteten Zettel zusammen. Nahm dann doch noch einmal den ganz obenauf liegenden.
Daß jedermann lesen lernen darf, verdirbt auf die Dauer nicht allein das Schreiben, sondern auch das Denken.
Und dachte lange nach, wo dieser Satz – auch wieder so einer für alle und keinen – seinen Platz finden könnte.

16

Er kam sich vor wie ein Dachs in seinem Bau, und draußen vor dem Loch stand der Jagdhund und grinste sein Zähnefletschen.
Er war zum Mittagessen ins Hotel *Edelweiß* gegangen (in den späteren Jahren wechselte er ins Hotel *Alpenrose*). Dort teilte ihm der Wirt, der der Meinung war, man könne einen Gast doch nicht alleine und ohne Unterhaltung am Tisch sitzen lassen, beiläufig mit, heute träfen ja neue Gäste ein, acht Personen, eine Familie Rée ...
Dem Professor fiel die Gabel aus der Hand.
Nie hätte er geglaubt, daß er sich tatsächlich, nach all dem

Vorgefallenen, bis hier herauf wagen würde: Paul Rée, einst sein bester Freund, seit vergangenem Sommer, da er ihn an diese schmutzige, übelriechende Äffin verraten hatte, sein ärgster Feind. Im Grunde ein Mensch, mit dem der Professor nur noch in einer Form zu verkehren gedachte, nämlich in Form einer kleinen Pistolenschießerei!
Natürlich rückte er gleich mit der ganzen Familie an, mit Bruder und Mutter als Verstärkung, das verlogene Aas! Augenblicklich verspürte der Professor ein Würgen. Er ließ das Essen stehen, bezahlte wortlos, lief, sehr zum Erstaunen des Wirtes, einfach auf und davon.
– Wer immer nach mir fragt, ich existiere nicht, hatte er, die Stiege hinaufstürzend, Gian zugerufen, und der hatte nur noch gehört, wie die Tür zur Kammer zuschlug und wie ganz offensichtlich der schwere Diwan davorgeschoben wurde.
– Ich muß auswandern. In Europa bin ich nicht mehr sicher. Mexiko, am besten gleich nach Mexiko. Dort gibt es auch hohe Berge.
Sicher stand der Schamlose schon mit seinem Bruder vor dem Wirt des *Edelweiß* und erkundigte sich nach dem Aufenthaltsort des Professors. Es würde zum Äußersten kommen. Kommen müssen. Wenn er nur wüßte, wie man eine Pistole richtig in der Hand hielt.
Ihm war es, als fiele er in eine Ohnmacht.
Drei Tage lag er im Bett. Das vorsichtige Klopfen Gians hörte er nicht.
Dann schaute er doch wieder vor sein Dachsloch. Die Schnauzbartenden zitterten.
– Ist die Familie Rée wieder abgereist? fragte er vorsorglich im Hotel *Edelweiß*, ehe er sich zur Mittagstafel niedersetzte.

– Welche Familie Rée?
– Sagten Sie nicht, sie würden bei Ihnen eintreffen, gleich acht Personen?
– Ach, Sie meinen die Familie Klee! Aus Wien. Da drüben sitzen sie doch.
Der Professor sah hinüber zu dem am anderen Ende des Speisesaals stehenden Tisch. Dort zeigte man sich aufmerksam und grüßte mit einem leichten Kopfnicken herüber.

17

Wenn nicht nach Mexiko, dann wenigstens nach Leipzig. An die Universität. Er würde den Studenten über *die Griechen als Menschenkenner* lesen.
Natürlich standen sie damals erst am Anfang mit ihrer Menschenkenntnis, die Griechen. Sie waren noch die Anfänger in der Kunst der Menschenkenntnis. Nach ihnen kam langlang nichts. Dann Montaigne. Dann wieder lang nichts. Dann er. Keiner durchschaute die Menschen so wie er! Fortschreitende Progression der Menschenkenntnis. Völlige schleierlose, gebirgsluftklare Menschendurchschau! Allen voran dieser Paul Rée. Wie er den durchschaut hatte. Ha!
Und gerade deshalb mußte einer wie er den Platz eines Menschenerziehers einnehmen. Er würde der Universität Leipzig das generöse Angebot machen, winters, wenn ein Aufenthalt in Sils-Maria unmöglich war, vor den Ausgesuchtesten der Philosophiestudenten seine Vorlesungen zu halten.

Heinze, der Universitätsrektor, dem Professor durchaus gewogen, wenn auch eher privatim, riet entschieden von diesem Vorhaben ab. Völlig aussichtslos. Ein Atheist an der Universität Leipzig. Wie er nur darauf komme. Die Berufungskommission werde keine Sekunde zögern, sein Gesuch abzuschmettern.

– Ist auch besser so, dachte sich der Professor, schon wieder nahe am Rande eines Migräneanfalls, diesmal ausgelöst vom Ekel vor sich selbst, vor seiner Inkonsequenz, vor seiner Selbsterniedrigung.

– Der Gedanke der Vorlesungen in Leipzig war ein Gedanke der Verzweiflung, schrieb er Peter Gast, dem einzig Getreuen, der ihm noch geblieben war. Manchmal habe ich das Gefühl, dem Irrsinn nahe zu sein. Wer ertrüge diese Einsamkeit? 6000 Fuß über der gewöhnlichen Ameisengeschäftigkeit der Menschen. Doch manchmal, Freund Venetianer, dürste selbst ich nach irgendeinem menschlichen Umgang.

Doch wenn er sich's dann wieder genau überlegte – es war alles so niedrig, so gemein, so abgeschmackt und geistlos. Selbst auf Gast war letzten Endes kein Verlaß. Blind hatte er ihm vertraut, beim Abschreiben seiner Manuskripte, bei dem höchst verantwortungsvollen Amte des Korrektors der Druckfahnen. Und was mußte er da lesen, in den Aushängebögen des zweiten Theils von *Zarathustra*? Pagina sechs oben mußte es heißen: *Denkbarkeit*. Aber doch nicht *Dankbarkeit*.

Wie konnte er nur aus seiner *Denkbarkeit* eine *Dankbarkeit* machen!!

– Ändern Sie es, in einer womöglichen zweiten Auflage, die Sie vielleicht erleben werden, ich sicher nicht!

Und dann schrieb er noch als ein Postskriptum:
– Beinahe wäre ich nach Venedig gekommen. Feiern Sie ein Fest dafür, daß es nicht geschehen ist.
Am fünften September nämlich war er abgereist. Richtung Naumburg.

Der dritte Sommer

»Wo lebt Der, der ihm einen Makel nachweisen könnte? Er war so kristallen, so durchleuchtend wie das Wasser eines Bergbaches; was sag' ich: Bergbäche könnten sich noch bedanken, wären sie so rein.«

Freiherr von Seydlitz

18

– Nicht daß Sie glauben, ich komme wegen des Engadins! Wegen des Engadins komme ich keineswegs.

Der Portier an der Reception des Hotels *Alpenrose* hatte nur leicht die Augenbrauen gehoben, als sich der neue Gast, ein junger Herr von der Universität Halle, gleich am Ankunftstag solchermaßen erklärte, und zwar ungefragt. Dabei kamen sie doch alle wegen des Engadins, die adeligen Herrschaften aus Rußland, die Ärzte und Rechtsanwälte aus Deutschland, die Familien aus Norditalien, mit Großeltern und einer Schar lärmender Kinder.

– So? glaubte der Portier nachfragen zu müssen.

– Ja! Ich komme allein wegen des Professors!

– Soso.

– Wo kann ich ihn finden?

– Na, drüben beim Durisch! Er wohnt obenauf in einer Kammer. Höhle sagt er selbst dazu.

Der junge Herr, Heinrich von Stein, Philosophiedozent, so jedenfalls hatte er es in den Meldezettel eingetragen, war keineswegs auf der Durchreise, wie all die anderen Herrschaften, die früher auch schon hin und wieder nach dem Professor gefragt und ihn aufgesucht hatten, allerdings eben mehr im Vorbeireisen. Sie nahmen einen Besuch bei dem seltsamen Professor gewissermaßen en passant mit, die meisten von ihnen auf dem Weg nach Italien, in Richtung Sommer, Sonne, Strand.

Nicht so der junge Herr von Stein. Er war eigens aus Bayreuth angereist, blieb drei Tage in der *Alpenrose* und fuhr wieder zurück nach Halle, zu seinem Vater. Er kam

tatsächlich allein des Professors wegen. Nicht wegen des Silser Sees, nicht wegen der Berge, die klare Luft und die unverschleierte Sonne interessierten ihn nicht im geringsten, die mondäne Sommerfrische-Gesellschaft im *Schweizerhof* und im *Edelweiß* war ihm gänzlich gleichgültig!
Das kam den Silser Honoratioren, die über diesen seltsamen Gast durch den Portier noch am selben Abend bei ihrer obligaten Weinrunde in der Wirtsstube unterrichtet worden waren, schon etwas seltsam vor.
– Regelrecht ein Pilger, sagte Gian Caviezel, der Lehrer am Ort: ein Pilger in die Höhle des Professors! Es sieht fast danach aus, meine Herren.
– Er soll nicht einmal einen Ofen haben in seiner Kammer.
– Der Durisch stellt ihm ja auch keinen rein!
– Nur ein Bett, einen Tisch, eine Couch.
– In der Tat, überaus spartanisch, wie er lebt. Und nun sogar der erste Pilgerreisende, der von Bayreuth bis hierher zu ihm wallfahrtet! Erstaunlich. Finden Sie nicht, meine Herren?!
Der letzte Satz des Dr. Courtin kam eigentlich einer Aufforderung gleich: nämlich zu überdenken, ob man den Professor nicht vielleicht doch unterschätzt habe. Dr. Courtin hegte schon seit längerem diesen Verdacht. Sein Haus stand ja in direkter Nachbarschaft zu dem von Durisch. Ein gelegentliches Zusammentreffen mit dem Professor blieb deshalb nicht aus. Man unterhielt sich eigentlich immer recht angenehm. Der Professor zeigte sich höchst interessiert an einem kleinen medizinischen Fachgespräch über den Gartenzaun hinweg, insbesondere über die verschiedenen Ausprägungen des Meteorotropismus.
– Die tiefen Wolken, Dr. Courtin, sie drücken auf meine gesamte Physis.

– Kommen Sie doch einmal in meine Praxis! Eine eingehende Untersuchung ...
– Vielleicht.
Der Professor ließ ihn nicht ausreden. Und er kam auch nie in die Praxis. Seltsam. Letzten Endes war er ihm ein Rätsel, der Herr Professor. Dr. Courtin hatte den Eindruck, er liebe sein Leiden. Sehr sogar.
Den Professor unterschätzt? Ja, das könnte vielleicht sein. Wenn nun sogar schon die Kapazitäten einer so fernen Universität zu ihm nach Sils-Maria heraufkamen. Die Männer am Stammtisch schwiegen für einen Moment, feine Rauchfäden von den Virginias schraubten sich in Richtung der wuchtigen Holzbalkendecke.
Pastor Dominic Riz à Porta, der die Pfarrstelle von Silvaplana innehatte, brachte schließlich das Gespräch wieder in Gang:
– Hat denn schon einer der Herren etwas gelesen von unserem Professor? Ich meine eine seiner Schriften. Es sollen ja schon etliche sein. Er zahlt sie alle selbst. Den Druck! Hat er mir erzählt. Deshalb lebt er so sparsam.
Caviezel, der vielseitige und in seiner Vielseitigkeit nur äußerst ungern übertroffene Dorflehrer – er schrieb Wanderführer und machte schon jahrelang Wetteraufzeichnungen –, Caviezel jedenfalls meinte:
– Der schreibt? Ach was! Ich dachte immer, der geht nur spazieren. Jeden Tag in aller Herrgottsfrüh seh ich ihn gehen. Ich dachte, er macht hier eine Art Kur. Laufkur, gewissermaßen. Er mußte, wissen Sie das, krankheitshalber seinen Lehrstuhl räumen, in Basel. Und jetzt schreibt er also? Ah ha. Soso. Etwa Belletrie?
Das schreckte die anderen auf.

– Schreibt er etwas über uns? fragte Barblan, der Hotelier der *Alpenrose*, der stets, wenn es das Bedienen der übrigen Gäste zuließ, direkt neben dem Stammtisch stand.
– Über unser Sils-Maria? Das kennt man: Nisten sich da wo ein, diese Schreiberlinge, belauschen diejenigen, die einer geregelten Beschäftigung nachgehen, und notieren dann alles auf. Gedichtet in dem Sinne ist da ja nichts.
– Ach wo!
– Höchstens hinzugedichtet. Und immer nur das Negative, warf Caviezel ein.
Pastor Riz à Porta versuchte es noch einmal:
– Ich habe mich schon öfters unterhalten mit ihm. Er macht gerne eine Pause bei uns im Pfarrhaus auf seinem Fußweg von Sils-Maria nach Silvaplana und zurück. Meine Frau kocht ihm eine Polenta und einen Kaffee. Ich habe ihn oft gefragt, worüber seine Schriften handeln. Er sagt es mir nicht.
– Genau, wollte Barblan etwas einflechten.
– Er sagt: Lesen Sie es besser nicht.
– Ganz genau! Dasselbe erzählt die Fürstin Mansuroff. Er warne geradezu davor, seine Schriften zu lesen. Auch die Fürstin wäre überaus interessiert, Näheres zu erfahren. Sie sitzen doch jetzt gelegentlich bei mir zusammen am Mittagstisch. Da wäre es doch von Vorteil, sagt die Fürstin, die Schriften des Professors zu kennen, um mit ihm darüber ins Gespräch zu kommen. Wann hat man schon die Gelegenheit, einen philosophischen Autor ...
– ... oder doch der Belletrie, der eher seichten Belletrie, wissen wir's?
– ... ich sage: einen philosophischen Autor nach seinen Absichten zu befragen. Er aber sagt rundheraus, sagt die Fürstin: Das ist nichts für Sie!

– Man hat den Eindruck, er will gar nicht gelesen werden, konnte auch Dr. Courtin sein Unverständnis nur schwer verbergen.
– Seltsame Ansichten hat er freilich! Wir kommen manchmal direkt aneinander, sagte der Pastor und schmunzelte dabei. Jeder am Tisch wußte, daß ein Aneinanderkommen mit dem Herrn Pastor nicht einfach war: Der war nämlich ein Ausbund an humorigem Stoizismus, an unerschütterlicher Bonhomie.
– Neulich sagte er doch, das Mitleiden sei überhaupt das allergrößte Laster. Nur kein Mitleid. Vor allem nicht mit den Schwachen. Das sagte er zu mir, meine Herren, wo er doch weiß, daß ich seit über 30 Jahren Seelsorger bin, also von Berufs wegen Mitleidender. Wir saßen draußen auf der Bank in der Sonne, da sagte er das. Nur kein Mitleid. Das Schwache muß zugrunde gehen. Mit seiner leisen Stimme sagte er das, fast freundlich, Sie wissen ja, ein wie leiser und freundlicher Mensch er im Grunde ist.
– Und selber schwächlich, überaus schwächlich, warf Dr. Courtin ein. Wie oft habe ich ihm angeboten, ihn einmal in meiner Praxis eingehend zu untersuchen. Glauben Sie, er käme! Ob er zu stolz ist?
– Wahrscheinlich hat er kein Geld. Er spart ja alles, wie gesagt, für den Druck seiner Bücher.
– Und wenn er mit der Fürstin Mansuroff zusammensitzt, die ja beileibe nicht mehr die Allergesündeste ist, dann ist er voller Mitleid. Lesen Sie nur nicht meine Schriften, soll er zu ihr gesagt haben, das wäre nichts für Sie. Das könnte sie überfordern, hat er zu ihr gesagt, sagt die Fürstin. Physisch überfordern.
Die Tür zum Speisesaal ging auf. Dieser Herr von Stein

kam noch einmal von seinem Zimmer herunter. Ob er noch eine kleine Abendmahlzeit haben könne. Barblan verschwand vom Stammtisch weg in die Küche. Von Stein setzte sich zwei, drei Tische entfernt von der Honoratiorenrunde nieder. Wurde belauert. Dr. Courtin versuchte schließlich, ein Gespräch zu beginnen, über die leeren Tische hinweg.

– Morgen wird das Wetter wieder schön. Ideal für eine Wanderung. Kennen Sie das Fextal?

– Nein.

– Einfach vom Hauptplatz aus immer den Fexbach entlang.

– Sehr zuvorkommend. Aber ich wandere gar nicht.

– Ach nein?

– Ich treffe morgen den Professor.

– Unseren Professor?

Von Stein blickte mißbilligend zu Caviezel herüber, der das *unser* etwas zu sehr betont hatte. Pastor Riz à Porta versuchte es auf die joviale Art und Weise.

– Wissen Sie, wir alle fragen uns ja oft, was für ein Mensch der Herr Professor ist. Sie werden ihn sicher gut kennen. Womöglich von der Universität?

– Ich kenne den Herrn Professor durchaus noch gar nicht. Ich meine persönlich. Nur aus seinen Schriften!

– Ach ja.

– Aber das genügt ja eigentlich.

Diesen Satz sagte von Stein ziemlich leise und geradezu schüchtern.

– Und da kommen Sie den weiten Weg bis hierher herauf ...

– Ich glaube, die Herren wissen noch gar nicht so recht, wen Sie hier mitten unter sich haben.

Mehr sagte er nicht, der Herr von Stein. Sondern begann,

die Stoffserviette auseinanderzufalten und sich über den Schoß zu legen. Das Essen ließ noch auf sich warten. Die Männer um den Stammtisch herum sahen sich an. Verlegen griff einer nach dem anderen zum Weinglas.

19

Von Stein hatte sich gleich anmelden lassen, in der Höhle des Professors, durch einen Laufburschen des Hotels *Alpenrose.* Der junge Bursche steckte den Kopf zur Kammertür herein, sah, daß der Professor im Bett lag, und sagte nur leise:

– Dr Herr von Stein isch jetz do!

Wie das hineinfuhr in den Schädel, der eh schon nahe am Zerspringen war, wie ein eiskalter Stahldorn fuhr das hinein, dieser Dialekt. Der Professor haßte es, wenn jemand Dialekt sprach. Am liebsten hätte er dem Laufburschen den Stiefelknecht hinterhergeschmissen. Er konnte sich nur nicht rühren. Nur ganz mühsam aufrichten, gestützt auf den Ellenbogen.

– Sag ihm: morgen! Morgen vielleicht. Heute geht es nicht. Unmöglich heute. Du siehst doch, die Kopfschmerzen.

Er ließ sich in das Kissen zurückfallen. Dachte: Seit Jahren schrieben sie sich nun schon, von Stein und er. Mehrfach hatten sie einander verfehlt, erst in Naumburg, dann in Leipzig. Und jetzt war es so weit. Sie würden sich sehen. Und er hatte Kopfschmerzen. Warum immer in den ungelegensten Augenblicken diese Kopfschmerzen? Oder waren sie gar nicht so ungelegen? Schützten sie ihn vielleicht vor Enttäuschungen? Er hätte noch viel öfter und zu ganz anderen Gelegenheiten Kopfschmerzen haben und somit unpäßlich, nein, menschenunverträglich sein sollen, dann wäre ihm so manche Enttäuschung erspart geblieben. (Ja, die Russin, immer wieder mußte er an die Russin denken, die Schicksalsbegegnung seines Lebens.)

20

Am nächsten Tag war er wie ausgewechselt. Wieder einmal durch eine Krisis gegangen, eine schwere, ja schwerste Krisis, aber das Überstehen war es ja gerade, was ihn heraushob unter all den anderen, die in ihren Krisen untergingen. Gleich am Morgen rief er Adrienne zu sich, schenkte ihr aus der Dose englischer Kekse, die ihm von der Schwester geschickt worden war, zwei, drei Stück und bat sie, hinüberzulaufen ins Hotel *Alpenrose*, wo ein Herr von Stein auf ihn warte.

– Machen wir denn heute keinen Ausflug, fragte Adrienne traurig.

– Nein, heute einmal nicht. Ich bekomme Besuch.

– Wann fährt der Besuch wieder weg?

– Ich weiß es nicht.

– Hoffentlich bald.

Der Professor lachte. Dann wurde er schnell wieder ernst.

– Dieser Herr von Stein wird vielleicht mein Schüler werden.

Das verstand Adrienne nicht: der Professor hatte doch gar keine Schule. Und eigentlich hatte er auch nichts Lehrerhaftes. Er wußte zwar viel, aber nie alles besser, so wie der Lehrer Caviezel, den Adrienne gar nicht leiden konnte. Fast hätte sie fragen wollen, ob sie nicht auch seine Schülerin werden könne, aber da trieb sie der Professor an:
– Jetzt lauf schon, und sag Herrn von Stein, ich erwarte ihn.

Und zwar abmarschbereit erwartete er ihn! Er würde ihn gleich einmal auf seine Wandertauglichkeit hin prüfen. Auf seine Fußfestigkeit. Ohne eine gewisse Ausdauer, was stramm durchgeführte Fußmärsche betraf, würde er ihn durchaus nicht gebrauchen können. Da könnte er gleich wieder zurückgehen nach Bayreuth, zu diesen decadenten Salonhockern im Hause Wagner. Frischluftflüchtlinge, die alle!
Der Professor stand vor Durischs Haus, als Herr von Stein die wenigen Meter vom Hotel *Alpenrose* herüberspaziert kam, nahm ihn überaus herzlich in Empfang, im Grunde wie einen alten Bekannten, der er durch den bereits lange währenden Briefwechsel ja auch war, und brach mit ihm, ganz und gar ungeachtet des unpassenden Schuhwerks und der fehlenden Ausrüstung bei seinem Gast, sofort auf zu einer Wanderung, die schließlich an die fünf, sechs Stunden dauern sollte.
Erst über die Brücke, dann immer den Fexbach entlang. Der Wiesenweg wurde langsam zu einem felsigen Steig, es ging beständig bergan. Die Schlucht hinauf zum Wasserfall. Kurzes Verweilen nur, dann weiter.
– Die Larethöhe, Sie müssen die Larethöhe sehen.

Wie gut trainiert der Professor war, erkannte man daran, daß er fast den ganzen Weg über redete, wobei er allerdings ziemlich außer Atem kam. Wie herrlich doch diese Bergluft sei, keuchte er. Hach! Immer wieder blieb der Professor im schnellsten Laufschritt abrupt stehen, um demonstrativ durchzuatmen. Doch kaum hatte Herr von Stein, der meist ein paar Meter hinter dem Professor zurückblieb, auch japsend angehalten und mühsam nach Luft gerungen, war der Professor schon wieder weitergelaufen, ja beinahe gerannt, mit seinem zusammengeklappten roten Sonnenschirm auf die Gletschergipfel deutend.

– Nur hier heroben ist man fähig, etwas wirklich zu Ende zu denken. Spüren Sie es, mein Lieber? Immer war es mir noch nicht kalt genug, verstehen Sie? In Graubünden und St. Moritz noch nicht kalt genug. In meiner Jugend wanderte ich auf den Höhen des Bayerwaldes. Mit Rohde. (Der Professor wurde leise und nachdenklich.) Auch ein Abtrünniger. Aber alles nicht kalt genug. Auch der Bayerwald ... erst recht der Bayerwald: nicht kalt genug! Es muß ganz klar und kalt sein für mein Denken. Wo andere sich längst erkälten, fange ich an zu begreifen. – So kommen Sie doch, mein Lieber!

Auf der Larethöhe blieben sie auch nur kurz, dann marschierten sie noch weiter ins Fextal hinein. Von Stein schleppte sich mühsam dahin. Und wenn er erst daran dachte, daß sie den ganzen Weg auch noch zurücklaufen mußten, dann fing er zu taumeln an.

Bei der kleinen Kirche in Crasta genossen sie den vom Professor besonders geschätzten, großartigen Ausblick auf den Fexgletscher. Aber auch nicht lange, lag ja noch der ganze Rückweg vor ihnen.

21

Nachdem sie wieder in Sils-Maria angelangt waren und vor dem Haus von Durisch standen, lud der Professor seinen Gast ein, noch mit hinaufzukommen in seine Kammer, er könne ihnen beiden einen Thee machen. Und Biskuit dazu reichen. Biskuit und Corned beef. Vielleicht auch noch ein Stück Lachsschinken aus Naumburg.

– Alles hängt von der Ernährung ab, mein Lieber. Von der Meteorologie und den Speisen. Wußten Sie, daß Kaffee verdüstert? Ich bin dabei, mich ganz aufs Wassertrinken zu verlegen.

Der Thee war grauenhaft. Das Wasser, mit dem der Professor die paar Theeblätter, die er noch aus einer Dose zusammenkratzen konnte, übergossen hatte, war allenfalls lauwarm gewesen, die Brühe von der Farbe gebrauchten Abspülwassers.

– Wir denken mit den Eingeweiden, mein lieber Herr von Stein!

Sie lachten beide. Er brachte den Herrn von Stein tatsächlich zum Lachen. Seine ganze Philosophie sollte ja eine zum Lachen sein. Zum Lachen und zum Tanzen! Wo er doch so ein ernster junger Mann war. Ernst und verschwiegen und von irgend etwas bedrückt.

– Ich frage Sie, was soll da schon entstehen, an Gedanken, wenn wir die Eingeweide mit Mehlschwitze und fasrigem, ganz und gar ausgekochten Rindfleisch vollstopfen. So bedienen Sie sich doch.

Er schob dem Herrn von Stein die Dose Corned beef näher hin. Sie mußte schon tagelang offen sein, das Corned beef hatte einen ganz dunklen, harten Rand.

– Die Ernährungsfrage ist eine mindestens so entscheidende wie die meteorologische Frage. Wir Denkenden sollten zuvörderst darüber nachdenken, wo wir uns eigentlich aufhalten und was wir zu uns nehmen. Jetzt bin ich im Maximum der magnetischen Sonnen-Einwirkung und esse fast nur mehr Kalbfleisch. Wissen Sie was: Seit ich die Sommer hier in Sils-Maria verbringe, brauche ich nur noch die Schürze aufzuhalten, und die Früchte, die Geistesfrüchte, purzeln hinein! Für mich ist nur noch Erntezeit, mein lieber von Stein. Das Abträglichste waren die Mehlspeisen, wie ich jetzt feststelle. Schaun Sie sich die Wiener an. Nennen Sie mir einen Wiener Denker, einen einzigen Wiener Denker! Wie kann man mit einem Briefbeschwerer – und nichts anderes sind diese Mehlspeisen – im Magen denken? Vielleicht an Nockerl kann man noch denken. An solche schaumgeschlagenen Nockerl wie von diesem Herrn Nestroy. Aufgeblasene Nichtigkeiten.
Sie lachten wieder. Wie schön es war, jemanden zum Lachen zu bringen. In den wenigen Stunden, die sie nun zusammen waren, hatte sich der anfänglich sehr verschlossene, sehr ernste Herr von Stein von Grund auf verändert, fand der Professor. Auf der Larethöhe war es gewesen, da hatte sein Gast zu ihm gesagt:
– Hier oben bekommt man ja Flügel, und man traut sich plötzlich Dinge zu denken, für die man dort unten, im Ameisengetriebe der Städte, gar nicht den Mut fände.

– Vielleicht noch etwas Biskuit? Biskuit zähle ich durchaus nicht zu den Mehlspeisen. Eine ganz lockere, leichte Nahrung. Außerdem ist es das einzige, was man bei Gian kaufen kann. Diese Biskuitkekse und Corned beef.

Sie hatten noch eine ganze Weile miteinander gesprochen, nach dem Lachen durchaus auch ernster. Dann empfahl sich Herr von Stein. Schon am nächsten Tag würde er zurückreisen müssen, zu seinem Vater nach Halle. Er sei in sehr schlechter Verfassung, im Grunde auf den Tod hin erkrankt. Später einmal, wenn er von dieser Verpflichtung befreit sei ... er könne sich durchaus vorstellen, sagte Herr von Stein zum Abschied, seinen Wohnsitz in den Süden und somit in größere Nähe zu dem des Herrn Professors zu verlegen. Nachdem der junge Gast gegangen war, allerdings ohne vom Biskuit gekostet zu haben, ging dem Professor noch durch den Kopf, was es wohl war, was den jungen Mann so ganz offensichtlich bedrückte. Er glaubte, es herausgehört zu haben. Er fühlte sich so unendlich abgestoßen von seinen Altersgenossen und deren widerlichem Hinterherjagen hinter jeglicher Geschlechtsgelegenheit.

– Sie haben nichts anderes im Kopf! Immer nur suchen sie Gelegenheiten ... Sie wissen schon!

– Ich verstehe Sie ganz und gar, Herr von Stein. Ich habe vorhin bei meiner Aufzählung natürlich verschwiegen, daß es noch ein Drittes gibt. Neben der meteorologischen und der diätischen Frage noch eine dritte, nämlich die geschlechtliche Frage. Jetzt, da Sie davon sprechen ...

– Sie schiebt, nein: drängt sich immer und immer in den Vordergrund! Wie ekelhaft.

– Kaltes Wasser, Herr von Stein, ich rate zu täglich kalten Abreibungen.

– Die Freunde, Bekannten, Kollegen: von nichts anderem können sie sprechen, an nichts anderes denken. Haben wir denn unseren Denkapparat nur für solche Gelegenheitsgedanken?!

Herr von Stein, der sonst so Beherrscht-Unterkühlte, echauffierte sich richtiggehend.
– Aber wie ich das verstehe, mein Guter, blieb der Professor gelassen wie jemand, der das Problem schon lange gemeistert hat. Lange Spaziergänge, kaltes Wasser, Sie werden sehen, das wirkt Wunder! Denn eines versteht sich ja von selbst: Wir geben den Gelegenheiten nicht nach! Doch nicht Männer unseres Standes. Mit solchen Aufgaben! Geistesaufgaben!! Wir geben doch unseren Geist nicht auf, für solche gelegentlichen Gedanken. Man versteht mich in diesem Punkte für gewöhnlich völlig falsch. Man nimmt meine Moralzertrümmerung als Rechtfertigung für ein zügelloses Leben. Ein Ausleben! Nichts liegt mir ferner. Im Gegenteil: ganz und gar gezügelt sollten wir leben. Wasser statt Kaffee. Auf die Suppe vor dem Hauptgang verzichten. Diesen Mantel da an der Türe, sehen Sie, den trage ich schon 15 Jahre. Schauen Sie sich um in meiner Kammer! Wozu Möbel!? Ein Bett, ein Tisch ... es macht Ihnen doch nichts aus, auf der Bettkante zu sitzen?
Doch Herr von Stein hörte ihm gar nicht mehr richtig zu. Er war ja dann auch gegangen. Der Professor dachte noch:
– Vielleicht ist er zu jung. Zu jung für ein Leben nach meinen Ideen. Was, wenn ich diesen jungen Menschen mit meiner Gedankenwelt – verdürbe?

22

Gleich in den nächsten Tagen schrieb er der Schwester, die den Herrn von Stein ja auch kannte, daß es allein ihm gelungen sei, den jungen, ernsten Mann zum Lachen zu bringen. In Bayreuth und Halle und in Naumburg, wo er überall schon aufgetaucht war und durchaus Eindruck hinterlassen hatte, stand er ja im Rufe, überhaupt nie zu lachen. Bei ihm, in seiner Gegenwart aber hatte er gelacht!
Das machte sicher die heitere Luft hier. Der Professor hatte plötzlich eine Idee: Er würde eine Gebirgsschule gründen, eine Sommerakademie des freien Gelächters unter freiem Himmel. Die erste Philosophenschule, in der nicht nur gelacht werden *durfte*, sondern gelacht werden *mußte*. Von Stein war sein erster Schüler. Bald aber würden sie in Scharen kommen. Gians kleines Kolonialwarengeschäft würde sie gar nicht alle aufnehmen können. Man würde eigens ein Gästehaus für sie herrichten müssen. Der Unterricht aber würde im Freien abgehalten, auch bei Wind und Wetter, selbstverständlich. Das Gehen im Freien war bereits die Lehre. Alle würden auf seine Unterweisung warten und gar nicht oder erst nach und nach bemerken, daß das Gehen ja schon die Lehre war. Die Lehre vom frei gedachten, bewegt gesprochenen und trittfest erklommenen Gedanken!

23

Eines Nachts wachte der Professor auf. Es war ein fürchterlicher Lärm im Ort. Da sein Zimmer nach hinten hinausging, der Felswand zu, konnte er erst nicht feststellen, woher der Lärm kam, wer ihn machte und warum. Nur auf der Felswand bemerkte er die großen, schwarzen Schatten der Lärchen, wie sie in einem rötlichen Lichtschein hin und her zuckten.

Als er im Nachthemd vorm Haus stand, sah er, daß nur wenige Meter die Straße hinunter ein Bauernhaus brannte. Die Silser hatten schnell eine Menschenkette zum Dorfbrunnen gebildet, die Holzeimer wanderten von Hand zu Hand, bei jedem Weiterreichen etwas von ihrer Füllung verlierend. Vorne, an der Spitze der Menschenkette angekommen, waren sie schon halb leer. Es waren nur ein paar hilflose Tropfen auf ein lichterloh brennendes Holzhaus.

Die Bewohner standen im Nachthemd auf der Straße und sahen machtlos dem Herunterbrennen zu. Aus dem angrenzenden Stall hörte man das erbärmliche Brüllen des Viehs, das von seinen Ketten nicht loskam. Aus dem zusammenkrachenden Dachstuhl sah der Professor etwas herausflattern, das aussah wie von der Hitze hochgewirbelte Fetzen von dem Dachbodengerümpel. Es waren aber, bei genauerem Hinsehen, Tauben, deren Gefieder brannte. Weit kamen sie nicht, dann fielen sie wie Steine vom Himmel.

Am Morgen qualmte die Brandstätte immer noch. Zu löschen war da nichts gewesen, man konnte nur zusehen und warten, bis dem Feuer die Nahrung ausging.

Ein unerträglicher Gestank lag über der Brandruine. Das

kam aus dem Stall, der bis auf den Grund heruntergebrannt war. Man konnte sie sehen, die von der Hitze aufgeplatzten Kadaver, einem der Tierleiber entquoll ein seltsam unversehrtes, wie es schien nur angeschwärztes, aber ansonsten unversehrtes Kälbchen.
– Geh da nicht hin, sagte der Professor zu sich selbst und konnte dann doch nicht anders als hinschauen, sich das Taschentuch vors Gesicht halten und hinschauen.
Es war der grausamste Anblick seit langem.

24

Plötzlich wollte er nur noch weg aus Sils-Maria. Es war Anfang September und eigentlich noch angenehm warm, vor allem trocken. Aber der Gestank. Er hatte sich überall eingenistet. Überall stank es nach Scheiterhaufen! Nach verbranntem Fleisch. Wenn der Professor in seiner Kammer am Tisch saß und in die Höhe philosophieren wollte, zog ihn dieser Gestank herunter auf den mit Unrat übersäten Stubenboden. Er hatte das Gefühl, da lägen überall Ascheflocken. Fettige Ascheflocken.
– Ich breche auf, ließ er die Durischs wissen. In den nächsten Tagen breche ich auf. Als erstes nach Zürich. Ich treffe den Keller.
– So, den Keller!
Den kannten sie. Stand ja manchmal etwas im Haus- und Bauernkalender von ihm. Der war, was man einen Dichter nannte!

25

Und von Stein hatte noch gesagt, vom ganzen *Zarathustra* verstehe er höchstens zwölf Sätze.
– So soll es ja auch sein! rief der Professor, als ihm das wieder einfiel. Er schleuderte es der grün tapezierten Stubenwand ins Gesicht.
Und packte.
Und reiste ab.

26

In Zürich traf er tatsächlich den Dichter Gottfried Keller.
Am meisten störte ihn, wie der sprach. Als ob er eine heiße Kartoffel im Mund hätte. Und ein Kratzen im Hals.
Nach dem kurzen, nur wenige Stunden dauernden Treffen dachte sich Keller:
Dr Kerl isch varuckt!

Der vierte Sommer

»Immer aber waren die Augen die eines Menschen, der viel gelitten hat und, trotzdem er Sieger geblieben ist, schwermüthig über den Abgründen des Lebens steht.«

Meta von Salis

27

Was er nötig hatte, so überaus bitter nötig hatte, um das Gelingen seiner ungeheuren Anstrengung sicherzustellen, das genaue Gegenteil davon traf er in Sils-Maria an! Immer schon. Vom ersten Tag an, wenn er sich's recht überlegte. Warum nur hatte er bisher nicht recht überlegt? Wie konnte er nur erneut in dieses schauerliche Sils-Maria fahren? Statt eines hohen Zimmers hatte er dort eine niedrige Kammer, statt Sonnenlicht Knechtsstubendüsterkeit, statt einer eigenen Köchin gar nichts zu essen oder die vertrockneten Ladenhüter von Gian. Statt Ablenkung ungeheure Langeweile, statt Menschen, edle, feine, auf ihn gestimmte Menschen mit Distinguiertheit, Oberengadiner Rindvieh, das ihn auf seinen einsamen Spaziergängen mit vom Wiederkäuen blöd gewordenen Blicken anstarrte!
Und die schamlos grünen Wiesen waren das Anstößigste überhaupt. Grund genug, um sofort wieder abzureisen. (Nach der Heuernte, wenn die Brauntöne des Bodens und das Gelb der kurzgeschnittenen, von der Sonne verbrannten Grasnarbe wieder Oberhand gewannen, dann wurde es, weil buntscheckig, erträglicher.)
Warum also war er wieder in dieses Sils-Maria gefahren? Kaum dort angekommen, Mitte Juni, es war heiß wie noch nie, schrieb er der Schwester: Es ist das letzte Mal! Diesmal ist es das letzte Mal.

28

Adrienne hatte ihn gar nicht erwartet! Dabei war sie ihm immer entgegengelaufen, die letzten beiden Sommer, wenn er von seinen Ausflügen nach St. Moritz oder Maloja zurückkam. Oder letztes Jahr, Anfang Juni, als sein Telegramm eingetroffen war, um den Tag anzukündigen, an dem er ankommen würde: Wer trieb sich seit dem Morgen an der Haltestelle der Postkutsche herum, war ganz unaufmerksam für die Herumtollereien der Dorfjugend am Hauptplatz, weil sie doch nur der Ankunft der Kutsche entgegenfieberte? Adrienne natürlich! Oder war es doch nur sein Koffer, den sie so sehnlichst erwartete, sie wußte ja, er würde sogleich auf den Eingangsstufen des Durischhauses abgestellt werden, sich öffnen und irgendeine Lekkerei preisgeben, die der Professor allein für sie mitgebracht hatte, aus Italien mitgebracht, diesem Land, von dem er ihr immer erzählte und das sie sich doch nicht vorstellen konnte, nicht so richtig jedenfalls. Das Meer zum Beispiel, wie sollte sie sich das Meer vorstellen? Hundertmal so groß wie den Silser See? Das reiche nicht, meinte der Professor. Aber war das doch schon unvorstellbar: hundert Silser Seen. Er hatte an der Strandpromenade von Nizza ein kleines Bildchen für sie gekauft, nichts wirklich Wertvolles, etwas für die Nizzaer Sommergäste Gemaltes, immerhin ein Meerblick war es, mit untergehender Sonne, natürlich, damit sie sich etwas darunter vorstellen konnte, wenn er ihr erzählte, daß er jeden Abend am Strand stehe und aufs Meer hinausschaue.

Und nun war sie nicht dagewesen, nicht an der Haltestelle

der Postkutsche und auch nicht auf der Treppe zu Gians Laden, wo sie schon oft auf ihn gewartet hatte. Der Professor hatte es erst gar nicht bemerkt, war, nach einer kurzen Begrüßung der Durischs, gleich in seine gute, alte Kammer geeilt.

– Endlich wieder meine Berghöhle, dachte der Professor, stellte den Koffer ab und sah sich um. Und merkte erst jetzt, daß etwas fehlte, daß das vielleicht Wichtigste fehlte. Noch im Plaid stürzte er die Treppe wieder hinunter.

– Was ist mit Adrienne?

– Krank. Seit Tagen schon krank.

Die Durischin lief nach dieser kurzen Antwort gleich davon, in ihre Küche, der Gian mußte dableiben, die Nachfragen des Professors aushalten und erklären, was ihm selbst nicht erklärlich war.

– Einfach Fieber, hohes Fieber, so daß sie schon phantasiert, vor allem in der Nacht. Doctor Courtin sagt, das gibt es, unerklärliches Fieber, das über Nacht kommt und genauso plötzlich wieder verschwindet. Gerade bei Kindern kommt das öfter vor. Aber nun sind es doch schon – Gian rechnete kurz nach – sechs Tage.

– Quacksalber, unerträgliche Kurpfuscher, knurrte der Professor und fand gar keinen rechten Weg durch seinen Schnauzbart hindurch für solchen Unwillen. Gian verstand nur ein undeutliches Gemurmel.

– Kann ich sie einmal sehen?

Gian führte den Professor in jenen Teil des Hauses, in dem er in den zurückliegenden vier Jahren noch nie gewesen war. (Man wahrte, bei aller Freundschaft, jenen Rest an Distanz, der zwischen einem Hauswirt und seinem Logiergast unerläßlich schien.) Adrienne lag in einer kleinen Kammer im

Erdgeschoß, die zur Felswand hin gelegen war und folglich zu dunkel, wie der Professor fand, zu dunkel für die kleine, kranke Adrienne, die doch Licht brauchte, Sonne, in der Sonne würde sie wieder gesund werden. Das einzige, was hell aufleuchtete in der Kammer, war das riesige Plumeau des Bettes, wie ein gleißend weißer Gletscher kam dem Professor das Federbett vor, und darunter begraben Adrienne. Wie sie zitterte!

Der Professor legte ihr die Hand auf die Stirn. Sie sah ihn an, war zu schwach für ein Lächeln.

– Warum tun Sie nichts, Gian? Und dieser Doctor Courtin, warum hilft er ihr nicht?

Gian spürte, wie aufgeregt der Professor wurde, hätte nicht gedacht, daß ihn der Anblick seiner letzten Endes ja nur fieberkranken Tochter so aufwühlen würde. Was er nur hatte?

– Holen Sie kaltes Wasser ... und Essig ... und Handtücher. Sagen Sie ihrer Frau, sie soll einen Thee aus Lindenblüten kochen, sie hat doch Lindenblüten? Wir sollten sie aufdekken, weg mit diesem riesigen Plumeau, und dann schwarze Rettiche, und Luft, öffnen Sie doch die Fenster, Sie müssen schwarze Rettiche besorgen, sie halbieren, aushöhlen und in die Höhlung Zucker geben, das zieht den Saft heraus, ein Wundermittel gegen Husten.

– Sie hat gar keinen Husten!

Gian hatte den Professor ganz sanft am Arm genommen und vom Bett weggezogen. Er drängte ihn nun sacht aus dem Zimmer.

– Ich war Sanitäter, Gian, im Krieg Sanitäter. Ich verstehe mich auf die Krankenpflege. Was glauben Sie, was ich erlebt habe, in der Schlacht bei Wörth. Nächtelang saß ich

neben den Kranken, neben den an Brechreiz und Rachendiphtherie Erkrankten. Mich selbst therapiere ich seit Jahren, Gian, nur keinen Doctor mehr, hören Sie nicht auf Courtin, wie kann man das Kind nur unter so einem Plumeau begraben, es braucht Licht und Sonne!
Sie standen nun schon im Hausflur am Treppenabsatz. Gian schob den Professor die Stufen hoch.
– Es wird alles erledigt. Ruhen Sie sich jetzt aus, Herr Professor. Die lange Reise ... Sie werden müde sein.
– Manchmal hilft auch die Schocktherapie. Einfach aus dem Bett heraus und in kaltes Wasser hinein. Ob allerdings die Kleine ... Kurz nur, Gian, ganz kurz nur, für Sekunden in kaltes Wasser, dann nur in Bettlaken einwickeln, und nicht wieder dieses Plumeau, sie wird ja erdrückt von diesem Plumeau.
Gian hatte dann nur noch *Gute Nacht* gesagt, während er unten am Treppenabsatz stand und wartete, ob der Professor auch wirklich in seiner Kammer verschwand. Wenn er ehrlich gewesen wäre, hätte er sagen müssen: So einer wie der Professor, der hatte ihm gerade noch gefehlt. Manchmal war es ein Kreuz mit ihm. Mit seiner Überspanntheit. Jetzt noch seine Anfälle dazu. Da würde er selber sehen müssen, wie er zurecht käme. Heute nacht würde er ihm den Kotzkübel nicht halten. Wahrscheinlich meinte er es nur gut, der Herr Professor. Ob er wirklich Sanitäter gewesen war? In welchem Krieg, hatte er gesagt?
Gian ging zurück in die Kammer zu Adrienne.

29

Mitten in der Nacht schreckte der Professor auf. Wußte erst nicht, wo er war. Wieder in Sils-Maria, mußte er sich, langsam zu Bewußtsein kommend, selbst vorsagen. Er sah gleich neben seinem Kopfkissen einen ungewöhnlich großen Hirschkäfer über das grüne Tuch der Wandtapete krabbeln. Er konnte ihn nur deshalb erkennen, weil er sich aus der Dunkelheit heraus geradewegs in den hellen Streifen Mondlichts bewegte, der quer über der Wand lag: Der Panzer des Tieres funkelte in dem milden Licht.

Er hatte schlecht geträumt. Von Dingen, die doch schon so weit zurücklagen, sich fast schon hinausgelebt hatten aus seinem Erinnern, so jedenfalls hatte er geglaubt. Und jetzt mußte er noch einmal über dieses Schlachtfeld stolpern wie damals, als gerade einmal 26jähriger. Überall lagen die abgeschossenen Gliedmaßen umher, die nur mehr halbseitig mit einem Gesicht verbliebenen Schädel, der Rest war Fleischmatsch, tief dunkelrot, ja teilweise schwarz angesengt, von irgendeinem Geschoß, von irgend etwas Explodierendem, in diesem Gesicht Explodiertem. Und erst die Schreie und das Gejammer, und der Gestank vor allem, der Gestank nach Leichen, nach Verwesendem.

Nach tagelanger Bahnfahrt war er damals mit den anderen am Schlachtfeld von Wörth angekommen. Zu spät allerdings, um als der helfen zu können, zu dem er die Wochen zuvor in Erlangen ausgebildet worden war: kriegsfreiwilliger Feldsanitäter. Alles, was ihnen in Wörth noch zu tun übrigblieb, war das Einsammeln von Leichen und Leichenteilen. Aus dem Zug heraus wurden sie gleich da hineinge-

worfen, wo der Krieg gewöhnlich immer endete: im Zusammensuchen der blutigen Reste. Zwei Arme, zwei Beine, einen Rumpf legte man jeweils zusammen, ob sie auch zusammengehörten, wer wußte das.
Der Professor – damals hatte er gerade ein Jahr die außerordentliche Professur für Klassische Philologie an der Universität Basel inne – konnte ja nur als Sanitäter in den Krieg ziehen, von wegen der Neutralität der Schweiz und weil er seine Expatriierung eingeleitet hatte. (Das ging ihm jetzt durch den Kopf, aufgeschreckt von diesem Traum auf der Bettkante sitzend; er hatte sich ein Glas Wasser geholt, der Hirschkäfer war aus dem Mondlichtstreifen wieder verschwunden.)
Nur nicht als Reitender Artillerist der Preußischen Armee in diesen Krieg geschickt werden, dachte er sich damals! Deshalb war er staatenlos geworden. Die Ausbildungszeit in Naumburg, wo er schließlich vom Pferd gefallen und schwer verletzt worden war, hatte ihn ausreichend bekannt gemacht mit dieser Art von Soldatenleben. Wenn überhaupt, dann wollte er als ein Helfender auf die Schlachtfelder eilen. Waren nicht die Helfenden die eigentlichen Helden? Im Blutrausch einem Gegenüber mit dem Bajonett den Bauch aufzuschlitzen oder bereits wehrlos Daliegenden den Fangschuß zu geben, was war das schon für eine Heldentat im Vergleich zu dem, was danach kam, für die zu spät eintreffenden Helfer? Wieviel leichter ist es, ein Leben auszulöschen, als ihm Stunde um Stunde, Nacht um Nacht beizustehen in jenem schrecklichen Todeskampf, der der viel grausamere Krieg ist und in dem jeder alleine kämpfen muß.
Er hatte es doch mit ansehen müssen, eigentlich zuständig

für Fragen der Klassischen Philologie, aber doch nicht für Fragen der Bekämpfung von Wundbrand oder wie man einem an Brechruhr Erkrankten ein paar Löffel Haferschleim einflößt, so daß er die Nahrung auch bei sich behält. Aus einem Lazarett bei Ars sur Moselle hatten sie schwer Verwundete und übel Erkrankte übernommen, um sie in die Heimat zurückzubringen. Je ein Sanitäter erhielt sechs Patienten zugeteilt, verladen wurden sie in einen Zug aus Güterwaggons, der Boden war lediglich mit Stroh ausgelegt. Drei Tage und drei Nächte war er, der junge Philologieprofessor, mit den teilweise dahinsiechenden Kameraden alleine gelassen. Helfen, nichts als helfen, war da sein Sinn gewesen, von ihm alleine hing es doch ab, wie viele von den sechsen lebend ankommen würden in Karlsruhe. Er wechselte die von Blut und Eiter durchnäßten Verbände, drei Stunden brauchte er dazu jeweils am Morgen und am Abend, und füttern mußte er die völlig Geschwächten. Und was das Ärgste war: der pestilenzialische Gestank in dem Waggon und das Jammern und Wimmern in den Nächten, wenn der Zug oft stundenlang stillstand, nicht mehr weiterfuhr, warum, verflucht, fuhr der Zug nicht weiter.

Aber er hatte sie durchgebracht, alle sechs, und in Karlsruhe an die Ärzte übergeben, die sie schon wieder zurückholen würden ins Leben aus ihrer teilweise schon eingetretenen Agonie. Das hatten sie ihm zu verdanken, der er doch nur wenige Tage in Erlangen auf diesen Sanitätsdienst vorbereitet worden war. Mit einer kleinen, geradezu lächerlichen Verbandstasche hatten sie ihn losgeschickt in Richtung der Schlachthäuser an der Front, mit nichts in den Händen als ein paar Kompressen, wenigen mit Fett bestrichenen Pflästerchen (als ob die gegen abgerissene Gliedmaßen halfen), einer Schere, einer Pinzette und einem ausgekochten Schwamm zum notdürftigen Auswaschen der Wunden. Das war alles gewesen. Und natürlich die Bibel und ein Gebetbuch! Gleich mit dem ersten Haufen vom Eiter durchnäßter Mullbinden hatte er sie weggeworfen, eingewickelt in das Blutzeug. Er war Sanitäter und nicht Pfaffe! Helfer und nicht Tröster! Er hatte gerettet statt gebetet!

Wenige Stunden, nachdem er seine Mission erfüllt hatte, war er dann selbst zusammengebrochen. Ein schlagartiger Ausbruch der Krankheit nun auch bei ihm, denn natürlich hatte er sich in dem unerträglichen Pesthauch des Waggons angesteckt, mit der Ruhr und der Diphtherie infiziert. Das war das Schicksal der Helfer: den anderen über den Tod hinweggeholfen zu haben und urplötzlich selbst auf dem Sterbebett zu liegen.

Mit letzter Kraft hatte er es damals bis nach Erlangen zurück geschafft, wo er endgültig zusammenbrach. Dort kurierte ihn ein Freund mit wahren Höllenmixturen, spezielle Klistiere brachte er ihm bei und gestand ihm später, es sei auch Opium mit dabei gewesen. Bis auf den Tod geschwächt war er damals bereits, es hatte nicht viel gefehlt und ...

Das alles ging dem Professor durch den Kopf, diese fernen Jahre, und ausgelöst worden war die Erinnerung an all das von dem Bild der armen, kleinen Adrienne heute abend, wie sie unter dem Plumeau verschüttet dalag. Und der Professor schauderte plötzlich: Wie konnte er nur jemals auf den Gedanken kommen, alles Schwache, aus sich selbst heraus nicht mehr zum Leben Taugliche müsse aus der

Welt geschafft werden? Beziehungsweise schafft sich selbst aus der Welt, weil man es gehen läßt, eingehen, jawohl! Und zwar ohne helfend einzugreifen. Das hatte er doch die letzten Jahre so mühsam herausgedacht als Quintessenz der undurchschaubaren Natur. Und daß alles Mitleid Pfaffengeschwätz war. Richtig hatte er es getan, damals, Bibel und Gebetbuch gleich mit dem Haufen verdreckten Verbandszeug wegzuschmeißen. Seitdem war er losgekommen davon, hatte nie mehr eine Bibel in der Hand gehabt, dieses unerträgliche Schwächlingsbrevier! Nie mehr Mitleid. Selbst die mitleidslosesten Gedanken zu Ende denken, dazu war er mittlerweile kalt genug. Dachte er. Und mußte feststellen, wie er plötzlich zurückschreckte vor dem, was er da ans Licht gehoben hatte, welch grausamen Gedanken. Und auch noch aufgeschrieben! Wie hatte er dieses Denkresultat mit seinen ungeheuren Konsequenzen auch noch aufschreiben, hineinschreiben können in eine Philosophie, die so gefährlich geworden war, daß er sie niemandem zu lesen empfahl. Im Gegenteil: davor warnen mußte er, sie zu lesen. Warum mußte es so ungeheuer grausam in ihm denken? Manchmal sogar zu grausam für ihn selbst, wenn er es wirklich zu Ende dachte, zum Beispiel bis zum Ende des Ganges dachte, wo die Kammer lag, in die ihn heute abend Gian geführt hatte, um ihm die kranke Adrienne zu zeigen.

30

Seinem Freund Peter Gast, der einzige, der ihm noch geblieben war, schrieb er in den nächsten Tagen, er gedenke in Zukunft überhaupt gar nichts mehr zu publizieren. Das ginge ihm wider den Anstand.
Und außerdem hatte er niemanden mehr, der ihm seine Sachen gedruckt hätte. Schmeitzner wurde zwangsversteigert. Und somit auch die Restexemplare seiner Bücher, die der Professor bei ihm in Chemnitz hatte drucken lassen, und zwar stets auf eigene Rechnung.

31

Am Ende der Woche ging es Adrienne schon viel besser. Sie stand schon wieder auf, aß auch wieder, die Mutter kochte ihr eine starke Brühe aus einem ordentlichen Stück fettem Rindfleisch, und noch einmal ein paar Tage später sprang sie schon wieder mit ihrem Bruder auf dem Silser Dorfplatz herum. Als sei nichts gewesen.
– Wie schnell sich Kinder erholen, sagte Gian. Ob er dem Professor damit sagen wollte, daß seine Sorge ganz und gar übertrieben gewesen war? Und dann meinte er noch:
– Doctor Courtin hat also doch recht gehabt.
– Zufall.
– Früher hatte er seine Praxis in München. Billig war die Behandlung nicht, das kann ich Ihnen sagen, aber auch die

Heilkunst hat ihren Preis. Und meiner Meinung nach ist Doctor Courtin einer der Größten in der Heilkunst. Durchaus sein Geld wert.
– Was Ärzte von Totengräbern unterscheidet, ist der weiße Kittel. Sie sind nichts anderes als Totengräber in Weiß, mein Lieber.
Warum war er nur so gereizt, der Professor? Auch grüßte er den Doctor nun nicht mehr, wenn sie sich am Gartenzaun zwischen dem Durischschen und dem Courtinschen Anwesen trafen, was der Professor eh, wo es nur ging, zu vermeiden trachtete. Er lauerte hinter seinem Kammerfenster, um zu sehen, wann die Luft rein war. Durchaus von niemandem mehr angesprochen werden wollte er.
Außer natürlich von Adrienne.

32

An den Traumnächten, wie er sie nun immer öfter erlebte, war das Chloral schuld, da gab es für den Professor überhaupt keinen Zweifel. Er war vergiftet vom Chloral. Nahm es löffelweise, das war seine Selbstmedikation, die einzige, die ihm half. Er mußte es nehmen. Zum besseren Einschlafen.
– Mein einziger Retter: das Chloral, stöhnte er in der Gegenwart von Gian und bat ihn, besorgen Sie mir wieder Chloral, etwas anderes hilft ja nicht. Alles, was die Ärzte verschreiben, hilft nicht. Nur, was man sich selbst verschreibt.

Er drückte Gian ein Rezept in die Hand, das seine eigene Unterschrift trug.
In den Träumen allerdings gab das Chloral keine Ruhe. Es sorgte mit seiner ätherischen Helligkeit dafür, daß der Professor alles ganz klar sah. Auch wußte er am nächsten Morgen immer ganz genau, was ihm das Chloral in der Nacht wieder eingegeben hatte. Nicht er nahm das Chloral, das Chloral nahm ihn. Irgend jemand mußte die Eingebungen, die nur das Chloral hervorzurufen imstande war, ja austräumen.
Einmal hatte er einen Ledermenschen gesehen, aus großer Höhe herab, wie er dalag und schlief unter einem Panzer aus Eis. Als er die Mumie sah, tabaksbraun konserviert unter der auftauenden Schicht Eis, da wußte er gleich, das er das war. Er, wie er einmal enden würde. Stolz war er da, und voller Freude. So sollte es sein: vermißt im ewigen Eis. Das heißt, eigentlich nicht wirklich vermißt, sondern, von niemandem bemerkt, verlorengegangen. Abgestürzt auf extremster Denktour. Natürlich war er alleine da hinaufgestiegen, wo immer das auch war und von wo er dann, von aller Welt unbemerkt, hinabstürzte.
Er besah sich im Traum den Daliegenden, der er selber war, ganz genau, mit seinen widernatürlich verdrehten Armen und Beinen. Er erkannte seine Ledertasche, die erhalten geblieben war, seine Kleidung dagegen war zerfetzt. Sicher lag er schon Jahrhunderte, wenn nicht Jahrtausende da im Eis. Eine löchrige Lederhaut umspannte seinen Schädel, das Gebiß – er hatte immer gute Zähne gehabt – bleckte aus einem heruntergeklappten Kiefer.
Daß die Ledertasche noch da war, das freute ihn am meisten. Sicher waren darin seine Papiere, seine Fragmente.

Wie würden sie sich mühen müssen, um sie zu entziffern. So ein Traum freute ihn, und er war ihm dankbar, dem Chloral.

33

Am nächsten Morgen ging der Professor am Haus der Segantinis vorbei, das im vergangenen Sommer abgebrannt war. Erst jetzt sah er es, obwohl er schon so oft dran vorbeigekommen war: Es war noch immer eine Ruine. Zwischen den rußgeschwärzten Balken wuchs bereits Gras.

– Warum baut niemand das Haus wieder auf, fragte der Professor Gian, nachdem er am Nachmittag von seiner Wanderung um den Silser See zurückgekehrt war.

– Die Segantinis sind fortgegangen. Jeder ein Bündel über die Schulter und ab nach Italien. Mehr ist ihnen ja nicht geblieben. Der Brand hat sie ruiniert. Sind sie halt nach Italien, da kommen sie ja her. Er soll Anstellung in den Steinbrüchen von Carrara gefunden haben. Müssen wieder von vorne anfangen, so wie sie hier in Sils-Maria ganz von vorne angefangen hatten. Ist das nicht tragisch?

– Jaja, sagte der Professor, der mit seinen Gedanken ganz woanders zu sein schien.

– Das Schlimmste aber ist, daß sich herausstellte: es war Brandstiftung.

Da wurde der Professor allerdings wieder hellhörig.

– Ja, nachdem Sie so überraschend abgereist sind, letzten September, erinnern Sie sich, da war hier bei uns in Sils-

Maria die Kriminalpolizei. Ich glaube, das hat es überhaupt noch nie gegeben: Kriminalpolizei bei uns.
– Brandstiftung, sagen Sie. Wer macht denn so etwas?
– Dem Hofer sein Sohn!
– Kenn ich nicht.
– Er ist ...
Gian machte mit der Faust vor seiner Stirn eine kreisende Bewegung.
– Das sagen alle, daß der ... schon von klein auf ... varuckt isch a gsy!
Den letzten Halbsatz hatte Gian geradezu geschrien.
– Sie sind ihm aber gleich draufgekommen. Daß er das war.
– Warum nur?
– Varuckt eben! Ein Feuerteufel. Auf und davon ist er, wie sie ihm draufgekommen sind. In die Berge hinauf. Tagelang haben sie ihn gesucht. Der kannte sich natürlich aus, wußte Verstecke.
– Sie haben ihn gejagt?
– Das dürfen Sie glauben.
– Der Arme.
Gian stutzte. Hatte der Professor gerade *Erbarme* gesagt? Mit so einem Erbarmen? Wo er die ganze Familie der Segantinis ruiniert hatte.
– Es war eine regelrechte Treibjagd. Bis sie ihn gefunden haben. In einem Heustadel. Aufgeknüpft.
– Nein!
Man konnte grad den Eindruck haben, der Professor sei eben erschrocken. Dabei war doch klar, daß so einer so enden mußte.
– Jaja, sagte Gian noch zu dieser bösen Geschichte. Mehr

fiel ihm da nicht mehr ein. Nur der Professor, der schüttelte noch lange den Kopf. Und murmelte:
– Der Arme, der Arme. Hat ein Haus angesteckt, um besser zu sehen.

34

Adrienne brachte ihm eine in ihrer Hand zusammengerollte Blindschleiche.
– Wo hast du die denn her?
– Bei der Mühle hinten gefunden. Sie lag auf einem Stein und rührte sich nicht.
Adrienne tippte das Tier in ihrem Handteller mit der Fingerspitze an, es ringelte sich noch enger ein.
– Schau, sie lebt.
– Natürlich lebt sie. Ist nur schlau und hält sich still. Das ist überhaupt das Schlaueste: stillhalten und totstellen. Ich veröffentliche jetzt auch keine Bücher mehr. Verschwinde vom Buchmarkt. Stelle mich tot. Du wirst sehen, Adrienne, keine Menschenseele wird es merken.
Adrienne lächelte den Professor an, als ob er ihr eben ein besonders gutes Versteck verraten hätte, das sie demnächst einmal ausprobieren müsse, wenn sie mit den Brüdern wieder Verstecken spielte, widmete sich dann aber gleich wieder ihrer Blindschleiche, die sie sich nun sogar am Schwanz zu packen traute und in die Luft hochhielt. Das Tier ringelte und bog sich.
– Aber wozu dann die ganze Arbeit, mischte sich Gian ein,

der die Unterhaltung zwischen seiner Tochter und dem Professor von der Hausbank aus mitverfolgt hatte.
– Ich seh doch, wie Sie arbeiten, Tag für Tag. Das ist es eh, was ich Ihnen schon lange sagen wollte, Professor, Sie arbeiten einfach zu viel. Ich höre es doch jeden Tag, daß Sie um fünf Uhr früh schon auf den Beinen sind.
– Genau wie Sie, Gian, Sie sind ja auch schon um fünf Uhr früh auf den Beinen.
– Bei mir ist das etwas anderes.
– Gar nichts anderes.
– Aber Sie, Professor, Sie arbeiten den ganzen Tag über den Papieren und jetzt sagen Sie auch noch, daß das alles umsonst ist, ich meine, wenn Sie jetzt nicht einmal mehr die Bücher drucken lassen wollen ...
– Weil ich mich totstelle, als Autor in Zukunft einfach totstelle. Genau wie deine Schlange da, Adrienne. Verstehen Sie, was ich meine, Gian?
Er sprach mit beiden gleichzeitig, sah zwischen beiden hin und her. Adrienne wedelte indes dem Professor mit der Blindschleiche vor dem Gesicht herum und lachte. Es machte sie stolz, daß sich der Professor so sehr über ihren Fund freute und jetzt auch eine Blindschleiche werden wollte.
– Die drei Leser, die ich habe, denen kann ich auch eine Abschrift schicken. Wozu noch drucken?! Einer von den dreien, Bruno Bauer, ist eh schon tot. Vor Jahren gestorben. Eigentlich habe ich nur zwei Leser.
Der Professor lachte, als ob dies ein Triumph wäre, ein solchermaßen ausschließlich von ihm errungener Triumph.
– Barblan erzählt, jede Woche kommen neue junge Damen und fragen nach dem Herrn Professor. Und nach Ihren

Büchern. Sie würden so gerne etwas von Ihnen lesen. Und da fragen sie ausgerechnet Barblan! Als ob der etwas wüßte. Sie dürfen jetzt nicht aufgeben, Herr Professor. Jetzt doch nicht!

Der Professor lächelte. Gian war so gut zu ihm. Und dabei verstand er doch nicht das geringste.

– Ich lasse alles hier, Gian. Nächste Woche reise ich ab und lasse alles hier, die Papiere, die Bücher, alles, was ich den Winter über nicht brauche.

– Sie kommen also wieder, nächsten Sommer?

Für einen Moment war es, als würde Adrienne erschrecken. Über eine solche Frage. Sie ließ die Blindschleiche fallen. Rasch verkroch sich das Tier unter das Gestrüpp eines über den Boden dahinkriechenden Efeus.

– Natürlich komme ich wieder.

Der fünfte Sommer

»Zwar gilt er in Sils-Maria für menschenscheu, aber Sie werden sich überzeugen, daß er die Artigkeit selbst ist, wenn ihm ein Entrinnen unmöglich gemacht wird.«

Fürstin Zina von Mansuroff

»Hier liegt Dynamit.«

der »Berner Bund«
über die Bücher des Professors

35

– Ins Engadin, was sonst. Nach Sils-Maria hinauftasten, etwas anderes kommt doch gar nicht in Frage, hatte Mitte Juni der Professor im kalten und grauen Leipzig zur Mutter gesagt. Er war doch mittlerweile dreiviertelblind, sahen sie das denn nicht, daß er so gut wie nichts mehr sah! Sich einer neuen Umgebung auszuliefern, war daher undenkbar. Nein, nur noch Sils-Maria! Die zwar steile, ihm aber mit jeder ihrer Stufen bekannte Treppe in Gians Haus würde er schon noch hinauffinden. Jeder Handgriff in seiner Kammer war ihm bereits in Fleisch und Blut übergegangen. Vom Diwan zum Waschtisch waren es drei Schritte. Die Fensterflügel gingen nach innen auf. Neben der Waschschüssel für die Morgentoilette stand die Wasserkaraffe. Den Weg um den Silser See herum fanden seine Beine schon von alleine. Er war ihm gewissermaßen bereits im Auswendiggehen bekannt. Wenn der Silser Verschönerungsverein nicht irgendwo wieder eine seiner Ruhebänke hatte aufstellen lassen, bestand keinerlei Gefahr, irgendwo anzustoßen, zu stolpern, gar ins Straucheln zu kommen, was im Hochgebirge ja immer mit einer gewissen Absturz-, um nicht zu sagen Lebensgefahr verbunden war. Wenn er mittags ins Hotel *Alpenrose* ging, erkannte er die dort am Stammtisch Sitzenden bereits an der Stimme. Er konnte in den grauen, konturlosen Nebel hinein ganz unbedenklich die Honoratioren des Dorfes beim Namen nennen und begrüßen, ohne zu *sehen*, ob sie auch wirklich da waren: ihre Stimmen verrieten sie.

Im Grunde war das Gehör, wie er jetzt feststellte, unbestechlicher als alles andere. Und sein Gehör war ja immer noch das feinste. Er hörte sogar Dinge, die außer ihm wahrscheinlich sonst niemand vernahm. Zum Beispiel das Knirschen der Berge. Als ob sie dabei wären, langsam auseinanderzubrechen. Das allerdings nur an bestimmten Tagen. Dann standen sie wieder stur und verstockt da. Dafür fing dann der Silser See an zu klirren, wie leere aneinanderstoßende Flaschen, als ob der ganze See aus Glas wäre, aus übereinanderliegendem Glasbruch, der ständig gegeneinander verschoben wurde, berstend und splitternd. Da lief dann der Professor mit zugehaltenen Ohren ganz schnell nach Hause, in Gians Kammer, die hinter beruhigend dicken Mauern lag.

36

Was er in letzter Zeit auch hörte, der Professor, war das Getuschel der Stammtischrunde in der *Alpenrose*. Er konnte sich schon denken, über was sie sich unterhielten und was sie sich immer wieder – ungläubig ob des Gehörten – gegenseitig aus der Zeitung vorlasen. Es war der Artikel im *Berner Bund*. Ein gewisser Widmann, Josef Victor Widmann, dem Professor nicht einmal persönlich bekannt, hatte eine Besprechung von *Jenseits von Gut und Böse* geschrieben. Mehr als das. Er war einer der ersten, die auf den bisher noch nicht entdeckten Professor aufmerksam machten. Und zwar gleich, wie es sich gehörte, mit einem Donnerschlag.

– Kennt einer der Herren diese Schrift, hatte Doctor Courtin in die Runde seiner von der Überschrift ebenfalls electrifizierten Stammtischkollegen gefragt und nur Kopfschütteln als Antwort erhalten.
– *Nietzsches gefährliches Buch*, wie kann er das meinen? zitierte Caviezel zum wiederholten Mal die Schlagzeile, die sie doch nun schon alle kannten, und Barblan, der Wirt, entriß ihm die Zeitung, las noch einmal laut den Anfangssatz vor:
– Jene Dynamitvorräthe, welche zum Bau der Gotthardbahn verwendet wurden, trugen die schwarze auf Todesgefahr deutende Warnungsflagge. In diesem Sinne sollte auch Herrn Nietzsches Buch *Jenseits von Gut und Böse* ein Warnschild tragen: Hier liegt Dynamit.
– Unser Herr Professor ein mit Sprengstoff hantierender ... ich meine umgehender ...
– Anarchist! half Carviezel dem Pastor Riz à Porta bei der Wortwahl.
– Ich kann mir das gar nicht vorstellen.
– Schon immer sage ich, der versteckt sich hier nur, kam Caviezel nun erst so richtig in Fahrt. Alles Tarnung. Seine gespielte Blindheit wahrscheinlich auch nur Tarnung. In Wahrheit beobachtet er uns aufs genaueste. Und vor allem die adeligen Sommergäste. Ist Ihnen noch nicht aufgefallen, daß er nur mit Adeligen verkehrt? Er sucht sich seine Opfer aus. In aller Ruhe sucht er sie sich aus. Er geht geschickt vor, ist Ihnen das noch nicht aufgefallen, meine Herren, er bandelt mit den Adelsdamen an, kundschaftet ihre Lebensgewohnheiten aus, und eines Tages wird er sie in die Luft jagen, samt ihren Ehemännern, auf die er es ja letzten Endes abgesehen hat. Es würde mich nicht wun-

dern, wenn demnächst im *Kursaal* in Maloja eine Bombe hochginge.
Doctor Courtin mußte sich schon wundern, daß man ausgerechnet einem Schullehrer wie dem Caviezel erläutern mußte, daß das mit dem Dynamit natürlich nicht wörtlich zu verstehen sei.
– Wieso nicht wörtlich? *Hier liegt Dynamit.* Steht das da oder steht es nicht da?
– Schon. Aber Sie müssen es metaphorisch nehmen. Alles muß man bei unserem Professor metaphorisch nehmen. Ich glaube, er ist eigentlich weit mehr ein Dichter denn ein Denker.
– Sie haben also etwas von ihm gelesen?
– Angelesen. Ich habe mich mit Fräulein von Salis unterhalten, und sie hat mir eines ihrer Bücher – sie hat fast alle Ausgaben der Werke des Professors – ausgeliehen.
– Wer? fragte Barblan.
– Das ist seine neueste Verehrerin, wußte Caviezel. Sie wohnt drüben in der Chesa de la Punt.
– Etwa die mit den kurzen Haaren?
– Genau die!
– Schon wieder eine dieser Kurzhaarigen, ereiferte sich Barblan.
– Alles Suffragetten, pflichtete Caviezel bei, wissen die Herren noch, vergangenes Jahr ... die beiden Studentinnen ...
– Auch kurze Haare. Regelrechter Bürstenschnitt, das ist ja jetzt wohl Mode. Zieht uns der jetzt nur noch solche Weiber hier an!?
– Die beiden Studentinnen, wollte Caviezel nun doch mit seiner Geschichte fertigwerden, stellen Sie sich vor, die standen am Hauptplatz vor der Post und haben ... was glau-

ben Sie, was die haben? Der alte Robbi hat es mir erzählt, er hat sie im Vorbeigehen gesehen, wie sie dagestanden sind mit ihren langen Zigarettenspitzen und geraucht haben ... meine Herren, auf offener Straße diese jungen Dinger und geraucht!

– Der Herr Professor ästimiert das durchaus nicht, warf Pastor Riz à Porta dazwischen, er hat mir selbst gesagt, diese Art von burschikos-frechen Frauen schätze er beileibe nicht, aber was solle er machen, ganz offensichtlich habe er mit seiner Philosophie großen Zuspruch bei ihnen. Gerade bei ihnen.

– Bei den Suffragetten? wollte sich Caviezel noch einmal versichern.

– Was ist nun mit dieser von Salis? wollte Barblan wissen, indem er auf den Ausgangspunkt ihrer Erregung zurückkam.

– Auch sie eine Wallfahrerin zur Höhle unseres Eremiten, sagte der Doctor, der ja anscheinend als einziger bereits mit ihr gesprochen hatte. Merken Sie es denn nicht, meine Herren, wir haben eine Berühmtheit in unserem Dorf. Sie kommen alle wegen ihm!

– Wegen ihm? Wo er so etwas wie ein Bombenleger ist? Was sind das nur für Frauen?

Barblan war fassungslos.

37

Der Professor wußte auch nicht, warum, aber es war schon so: Immer wieder waren es die Damen, die ihm an den Lippen hingen, wenn er sich erst einmal dazu durchgerungen hatte, sich zu einer Gesellschaft an den Tisch zu setzen und nach einigem Abwarten an einer Conversation teilzunehmen. An den Lippen hängen konnte man eigentlich nicht sagen, wenn, dann hingen sie an seinem Schnauzbart. Aber vielleicht war gerade das das Geheimnis: daß sie seine Lippen nicht sehen konnten und folglich auf den Schnauzbart starrten, weil sie wissen wollten, unbedingt wissen wollten, wie sie sind, die Lippen. Von solch einem Mann. Aber er hat sie ja nie einer Frau gezeigt.
Im Hotel *Alpenrose* saß er jetzt täglich mittags mit der Fürstin Mansuroff, ehemals Hofdame der Zarin und Schülerin Chopins, und deren englischer Freundin Emily Finn mit Tochter zu Tische. Schnell waren sie sich einig, daß das neue Serviermädchen keine Manieren hatte, absolut keine Manieren. Sie schenkte den Wein von links nach, unglaublich! Wenn er ehrlich war, war es dem Professor wurscht, von welcher Seite man ihm sein Wasser nachschenkte, aber immerhin: in der gemeinsamen Entrüstung über das Unvermögen des Serviermädchens kam man sich, von Adel zu Adel gewissermaßen, näher.
– Ach, sagen Sie uns doch, hochverehrter Herr Professor, wo hatte Ihre Familie denn ihren ursprünglichen Sitz?
– Polnischer Adel, antwortete der Professor so vage, wie er es seinen eigenen Nachforschungen gemäß auch nicht besser wußte. Und schob gleich noch nach:

– Meine Großmutter, Erdmuthe Krause, verkehrte mit dem Goetheschen Kreis in Weimar.
Eigentlich gab es eh nur einen Adel, den Geistesadel, aber das behielt der Professor für sich.
– Und ihre Mutter wiederum kommt im Tagebuch des Geheimrats vor.
– Ach nein!
– Mein Vater unterrichtete die Königin von Hannover, die Großfürstin von Oldenburg und Therese von Sachsen-Altenburg. Natürlich waren sie damals noch junge Prinzessinnen.
– Nein wirklich! Ihr Herr Vater war demnach ...
– Prinzessinnenerzieher, ja doch, ja. Später dann hatte er die Pfarrstelle in Röcken inne.
– Röcken?
– Pastor in Röcken. Eine kleine Gemeinde bei Lützen.
– Ah ja, Lützen.
– Lützen im preußischen Sachsen.
– Pfarrstelle sagen Sie. Wohl eine Art Dorfpfarrstelle?
Der Professor griff schnell nach der Sauciere.
– Wünschen die Damen noch etwas von der Béchamelsoße? Mir ist sie ja zu dick. Jegliche Art von Mehlschwitze ist mir völlig unzuträglich.
– Wie recht Sie haben! Wir vergessen immer, wozu wir hier sind, nicht wahr, meine Liebe.
Machten eine Pause und sahen sich an, die Damen.
– Wegen der Diät, kam es lachend wie aus einem Munde.

Er hatte nur mit *Voninnen* Umgang, schon von jeher. Malvida von Meysenbug, Zina von Mansuroff, Resa von Schirnhofer, Meta von Salis.

– Meine Voninnen, sagte er und meinte nichts anderes, als daß sie seine Schülerinnen waren. Adelstöchtererzieher, das war er! Wenn überhaupt, mußte das neue Geschlecht ja über die Frauen in die Welt kommen. Er mußte der Erzieher der künftigen Übermütter sein! Jawohl!!
Bedenken bezüglich der Ausführung seiner Pläne hatte er allerdings gelegentlich schon, wenn er feststellen mußte, daß dieses neue Frauengeschlecht, das ihm in seinen edelsten Vertreterinnen ja geradezu zuflog, von den Mutterpflichten weit weniger hielt als von den plötzlich sich ihnen eröffnenden neuen Möglichkeiten einer, wie sie es nannten, *Selbstverwirklichung*, zum Beispiel einer universitären Laufbahn. Ja, man konnte geradezu beobachten, stellte sich der Professor selbst vor Augen, er war ja ein Meister des Sichselbst-vor-Augen-Stellens, daß die Fruchtbarkeit der neuen Frauenrasse direkt proportional abnahm mit dem Grad ihrer Höherbildung. Man konnte grob extrapolieren: pro Doppelsemester Studium – vor allem sogenannt geisteswissenschaftlicher Fächer! – eine Geburt weniger. Hatte früher die gesunde Frau noch acht bis zehn Kinder, so brachte sie es heute, voll examiniert, vielleicht noch auf zwei. Wie sollte da der neue Mensch in ausreichendem Maße das neue Geisteuropa im kommenden Jahrhundert bevölkern?
– Die Geburtenfrage durchdenken, notierte sich der Professor auf einen Zettel. Ganz kalt die Geburtenfrage durchdenken! Wieder eine Aufgabe mehr.

Meta von Salis würde so eine Schülerin von ihm werden müssen. Er hatte sie den Sommer zuvor in Zürich kennengelernt. Sie hatte bereits alle drei Theile des *Zarathustra* gelesen. Und sie hatte vor, den Doctor zu machen, an der

Züricher Universität. Den Doctor der Philosophie. Einfach aus dem Grunde heraus, daß auch einmal eine Frau den Doctor der Philosophie innehabe.
Einerseits gefiel das dem Professor, dieser Hochmut, dieser neue Frauenhochmut. Andererseits: die Geburtenfrage! Jedenfalls sagte er zu ihr, in Zürich auf der Uferpromenade, wo sie einander vorgestellt worden waren durch Resa von Schirnhofer:
– Kommen Sie doch einmal zu mir hinauf nach Sils-Maria. Sie werden begeistert sein.
Doch sie kam nicht, zumindest nicht im Sommer des vergangenen Jahres. Sie zierte sich und ließ auf sich warten. Macht nichts! Er würde auch bei ihr die Adelstöchtererziehung auf dem Postwege vornehmen. Geschöpfe gab es, die wagten sich gar nicht in seine Nähe, sagte sich der Professor. Das waren vielleicht die edelsten, die mit einer gewissen Scheu. Generös gewährte er Audienzen *poste restante.* So war es auch bei der Druskowitz in Berlin, gebürtige Wienerin. Ausnahmsweise keine *Vonin*, aber vielleicht die einzige von all den Weibern, der seine Philosophie keinen Schaden zufügen konnte. Die stark genug war. Alle anderen sanken irgendwann hin, vor seinem Denken.
Er wußte auch nicht, warum, aber er schickte ihr, in einem Anflug größter Generosität, das Manuskript des 4. Theils von *Zarathustra*, der eigentlich ein Geheimnis bleiben sollte. Drucken lassen wollte er das Ganze auf keinen Fall mehr. Er begab sich doch nicht mehr in das Hurenhaus Öffentlichkeit! Wenn, dann höchstens 20 Exemplare, zur Verteilung an die allerengsten Freunde. Aber waren da 20 Exemplare nicht schon weitaus zuviel?
Die Druskowitz schickte ihm das Manuskript, eigentlich

gedacht als Geschenk von im Grunde unermeßlichem Wert, einfach kommentarlos wieder zurück.
Diese Literatur-Gans! Wie hatte er sich wieder einmal getäuscht. Geglaubt, sie sei seine Schülerin. Die einzige unter den Weiberchen, die man überhaupt konfrontieren konnte mit etwas wie dem *Zarathustra*, ohne daß sie sofort niedergestreckt werden würde. Und sie? Schickte das Manuskript zurück, ohne Dank, ohne Kommentar, ohne alles.
Er schäumte vor Wut. Er führte einen regelrechten Veitstanz auf. Im Zimmer unter seiner Kammer schauten die Durischs mal wieder ängstlich-besorgt auf die Holzdecke, die vibrierte und ächzte unter seinem Gepolter. Wie mußte er sich beherrschen, um nicht seine Distinguiertheit zu verlieren, das Edelste an ihm. Er würde sich nicht hinreißen lassen, ihr brieflich ins Gesicht zu brüllen: Sie blöde, ignorante, nichtsnutzige Gans! Statt dessen schrieb er:
– Wer nicht aus dem tiefsten Grunde seines Herzens Dank dafür weiß, daß so etwas wie mein *Zarathustra* überhaupt von mir mitgetheilt ist, wer nicht alles Dasein dafür segnet, daß so etwas in ihm, wie dieser *Zarathustra* möglich ist, dem fehlt Alles, Ohr, Verstand, Tiefe, Bildung, Geschmack und überhaupt die Natur eines auserlesenen Menschen.
Ha! Die Druskowitz ... erledigt! Mit nur einem Federstrich. So schnell konnte man ihn verlieren.

38

Und dann hatte sie sich doch heraufgewagt, das Fräulein von Salis, allerdings nur in Begleitung ihrer Mutter. Sie war nicht besonders hübsch, aber gerade das war es ja, was ihr der Professor zugute hielt. Vielleicht erkannte er ihre Schönheit auch nur nicht, von wegen seiner Dreiviertel-Blindheit. Im Grunde war er für solche Dinge – äußerliche Schönheit – vierviertelblind. Stark mußten sie sein, in psychischer und intellektueller Hinsicht, die Weiber, die sich ihm nähern wollten. Um seine Gedankenkälte auszuhalten, mußten sie selbst kalt genug sein. Aber welche Frau war das schon?

Diejenige, die sich hier heraufwagte. Am gewagten und geglückten Aufstieg entschied sich für den Professor, ob eine hierher, in seine Nähe, gehörte oder nicht. Meta von Salis gehörte hierher. (Die Druskowitz nicht. Hatte es wohl nicht nötig, zu ihm heraufzusteigen!) War ja auch eine angehende Professorin der Philosophie, die von Salis. Und vor allem: aus helveto-rätischer Aristokratie. Verfasserin von Gedichten. Genau wie er. *Aristokratika* hieß das Bändchen, das sie ihm geschickt hatte.

Schon in Zürich am Ufer des Sees beim ersten Zusammentreffen war es ihnen gewesen, als wären sie sich ewig bekannt und aufs engste vertraut. Mit anderen lebte man täglich zusammen und sie blieben einem immer fremd. Und dann traf man einen Fremden und wußte, zum ersten Mal stehe ich einem Menschen gegenüber, den ich verstehe und der mich versteht.

In ihrer Gegenwart konnte der Professor mitunter ganz

ausgelassen werden, je geradezu kindlich. Er führte sie an seine geheimsten Plätze, zu jener Stelle am Rand der Halbinsel Chasté etwa, wo er, abseits des Weges, an einem Waldrand auf Moos und Heidekraut ausgestreckt, seinen *Zarathustra* aufnotiert hatte, man muß sagen, nach Diktat aufnotiert hatte, denn es war ihm geradezu, als ob ihm eine Stimme alles einsagte und er nur mitschreiben mußte, allerdings rasch mitschreiben, so drängend sagte ihm die Stimme alles ein, der erste Theil seiner Hochgebirgsschrift entstand innerhalb von Tagen.

Meta von Salis hörte dem Professor schweigend zu. Sie unterbrach ihn so gut wie nie. Was die beiden einmal unterbrach, war dagegen eines der weidenden Rindviecher, das sich, man konnte fast den Eindruck haben, herangeschlichen hatte, als sie an einem anderen Lieblingsplatz des Professors lagerten, abseits eines schmalen Weges hoch über dem Silser See auf einer Wiese, die ganz und gar von blühenden Alpenrosen überzogen war. Der Professor hatte das Tier bemerkt, wie es sich näherte, mit gesenktem Kopf und aufspießbereiten Hörnern.

– Laufen Sie, Meta, schnell, laufen Sie den Abhang hinunter, hatte er im Aufspringen zu ihr gerufen und sich selbst bereits vor der Kuh aufgebaut, drohend, zumindest glaubte er das, daß er eine Drohung war, so wie er jetzt dastand mit hochgeworfenen Armen, eine Drohung für ein ausgewachsenes Muttertier. Die Kuh aber hob nur den Kopf, schaute nach links, schaute nach rechts, die Glocke an ihrem Hals bimmelte, es hatte den Eindruck, als ob sie sich noch nicht ganz sicher war, ob es lohnte, mit diesem Männlein da Streit anzufangen, ob er eine wirkliche Störung war in ihrem Weiderevier, dieser Zwerg im Sommeranzug. Dann aber senkte sie den Kopf wieder, jetzt aber entschlossen, wie es schien, und der Professor griff im Rückwärtslaufen nach seinem Schirm, Meta von Salis war schon ein ganzes Stück den Abhang hinuntergelaufen. Rennend und schirmfuchtelnd und auf die Kuh, die sich jetzt in Trab setzte, einredend, so kam der Professor den Hang herunter, und unten an dem schmalen Weg angekommen, mußte ihn die junge Frau mit ausgebreiteten Armen regelrecht auffangen. Die Kuh, die der richtungweisenden Schirmstandarte des Professors gefolgt war, blieb, seltsam genug, vor dem sich im Arm haltenden Paar stehen. Und glotzte.

Der Professor machte sich sanft frei von Metas Umklammerung. Ging näher hin zu der Kuh, die nun ganz stillstand. Ihre Flanken bebten. Ein warmer Hauch kam stoßweise aus ihren Nüstern.

– Fühlen Sie nur, Meta, dieser warm herausströmende Lebenshauch, japste der Professor, selbst noch ganz außer Atem. Haben Sie schon jemals den Lebenshauch so stark gespürt?

Er streichelte der Kuh über die Nüstern.

39

– Müssen Sie wirklich schon abreisen, Fräulein Meta?

Der Professor hatte es sich nicht nehmen lassen, frühmorgens an die Abfahrstation der Postkutsche nach St. Moritz zu kommen.

– Der Sommer geht zu Ende, Professor.

– Ich hatte gehofft, Sie könnten noch länger bleiben.
– Sie wissen doch, wie gerne ich das täte. Aber ich muß nach Hause. Eine sehr wichtige Entscheidung wartet dort auf mich. Sie wissen doch, nach dem Tod meines Vaters … der Familienbesitz in Graubünden, soll ich ihn verkaufen oder nicht?
– Tun Sie es nicht.
Normalerweise war der Professor keiner, der Ratschläge gab. Das war ja gerade der Kern seiner Überzeugungen: Daß jeder das Seine zu tun habe, unbeirrt, Ratschläge waren das Verkehrteste überhaupt. Aber er sagte ja auch nur *Tun Sie es nicht*, mehr nicht. Zu mehr ließ er sich nicht hinreißen.
– Und schauen Sie, Professor, in wenigen Tagen sind Sie auch nicht mehr hier, abgereist … ja wohin eigentlich?
– Ich weiß es noch nicht. Nie weiß ich, wo ich als nächstes hinfahren werde. Seit sieben Jahren lebe ich nur mehr in Hotelzimmern, Pensionen und gemieteten Fremdenzimmern, wie das bei Durisch.
– Ich weiß.
– Vielleicht sollte ich irgendwo seßhaft werden. Aber ich habe den Ort dafür noch nicht gefunden.
Beide wußten sie: er würde ihn nie finden. Wie gerne hätte sie ihn jetzt in den Arm genommen. Es blieb aber bei einem Händedruck, vielleicht etwas länger als sonst.

– Wie ist es hier eigentlich im Winter, Gian?
– Wie soll es sein? Kalt. Bitterkalt. Ehrlich gesagt, ich verstehe sie nicht, all die feinen Herrschaften, die ausgerechnet im Winter hier herauf müssen. In St. Moritz werden es jedes Jahr mehr.

Gian und der Professor saßen in der Stube beim Thee. Der Professor würde bald abreisen, es war Anfang September. Gian hatte ihn noch einmal einladen wollen, zu einem Plausch in der Stube.
– Und der Schnee?
– Meterhoch, Herr Professor!
– Man kann nicht mehr aus dem Haus?
– Manchmal nicht mehr, nein!
– Dann ist es wie in einer Höhle, einem Iglu, habe ich recht, Gian?
– Wir machen es uns schon gemütlich warm in der Stube. Haben Sie den Holzstoß gesehen, hinten beim Schuppen? Den ganzen Sommer über schichte ich ihn schon auf.
– Ob ich einmal einen Winter hierbleiben sollte, Gian? Einmal einen Winter in Sils-Maria. Das Eis aushalten, Gian! Im Grunde ist es mir in Genua nicht kalt genug. Ich muß es ganz kalt haben zum Denken. Mein Denken muß ganz kalt sein.
– Nun ja.
– Im Winter kommt auch niemand, oder Gian? Da wäre man ganz abgeschnitten von der Welt. Mir wird das zuviel. Merken Sie, wie sie zu mir pilgern, haben Sie das gesehen, Gian, den ganzen Sommer hindurch, ein einziger Pilgerzug, hier herauf nach Sils-Maria. Und alle zu mir. Sie kommen ja nur mehr wegen mir nach Sils-Maria. Aber es wird zuviel. So angenehm es ist, als der erkannt zu werden, der man ja tatsächlich ist.
Der Professor hielt seinen Schnauzbart in die Theetasse.
– Wie man wird, was man ist, Gian!
Die Theetropfen sprühten durch die Gegend.
– Jahrelang mußte ich ihnen das vorbuchstabieren. –

Einsamkeit, die habe ich hier gesucht. Im Winter vielleicht, daß ich sie da finde.

– Ich weiß nicht, Herr Professor. Die Kammer ist viel zu kalt, im Winter. Sie wissen doch, man kann sie nicht heizen. Es hat Eisblumen an den Wänden.

– Ist das nicht kurios, Gian, im Winter, wenn ich nicht da bin, blühen in meiner Kammer die Blumen, im Sommer dagegen wachsen die Algen. Diese widerlichen, schleimigen Algen. Oder Moos oder was es ist. Die Wände sind schon ganz grün davon.

– Ja, furchtbar, dieser verregnete Sommer.

Gian war das peinlich. Er fühlte sich persönlich verantwortlich für das Wetter.

– Aber Sie wollten es doch so: grün die Wände, haben Sie gesagt.

– Es tropft mir auf die Manuskripte, Gian. Ich kann eh kaum mehr etwas lesen. Die Schreibmaschine ist eingerostet.

– Ich weiß, das Dach gehört ausgebessert. Aber erst mußte ich mir einen Ochsen kaufen, Sie wissen doch ...

– Ja, die Maul- und Klauenseuche. (Der Professor sagte das ganz langsam: die Maul- und Klau-en-seu-che. Er mochte diese drei Wörter. Fand, daß dieser Krankheitsbegriff am zutreffendsten beschrieb, woran all die akademischen Kathederaffen auf Deutschlands Philosophie-Lehrstühlen litten.)

– Nächsten Sommer vielleicht, daß dann das Dach ausgebessert ist.

– Fäustlinge. Wenn ich mir Fäustlinge anzöge, vielleicht, daß es dann ginge, das Schreiben in der eiskalten Kammer. Für den Kopf wäre die Kälte ideal, einerseits. Eiskaltes Den-

ken, Gian! Nur die Finger, die, wenn sie nicht gelenkig sind ... mit dem Fäustling philosophieren! Ich würde der Welt beweisen, wie man mit dem Fäustling philosophiert. Und dem Tröpfchen an der Nase. Philosophieren mit dem ständigen Tröpfchen an der Nase. Aber das dachte sich der Gian nur. Und schmunzelte still vor sich hin.
– Wenn Sie meinen, Herr Professor.
Er wußte ja, in spätestens einer Woche würde er abgereist sein. Hinunter nach seinem Italien!

Der sechste Sommer

»Nicht das ›Deutliche‹, sondern das Geheimnis – und das alles nicht ›niedergelegt‹, sondern gehüpft und getanzt; nicht ›bleibend‹, sondern immer anders; nicht ›stets bereitliegend‹, sondern nie faßbar; nicht ›in Begriffen‹, sondern in Bildern, Splittern, Gedichten, Übertreibungen, Beleidigungen, Einsamkeiten, Kopfständen, Unverständlichkeiten; feinstes, hochkarätiges Gebrabbel: Dieses und nichts anderes ist die Nicht-Philosophie des Schnauzbartes.«

Günther Nenning

40

– Was ist das?
Der Professor hatte seinen Reisekoffer abgestellt und war an das Fenster gegangen, wollte es öffnen, die Engadiner Bergweltluft hereinlassen, das war stets seine erste Handlung gewesen, nach Wiederinbesitznahme seiner Höhle: das Hereinlassen der rauhen Bergluft. Kühl sollte es sein in der Kammer. Ideale Denktemperatur. Und wenn es noch nicht kühl genug war, dann eben das Fenster auf.
– Mein ganzes Denken ist ein einziges Durchlüften, hatte er zu Gian gesagt. Und hatte nach draußen geschaut. Und war erschrocken: Im Schatten der Felswand, die nah an das Durischsche Haus heranreichte, sah er ihn liegen: ein mächtiger, weißer, gestrandeter Wal. Konnte das sein? Auf seine Augen war ja kein Verlaß mehr.
– Noch immer Schnee, Gian, jetzt Mitte Juni?
– Das sind die Reste einer Lawine, Professor. Sie ist eh schon zusammengeschmolzen. War fünf-, sechsmal so groß. Im unteren Stock konnten wir nicht mehr aus dem Fenster schauen. Schauen schon, aber man sah nichts. Nur den zusammengepreßten Schnee und zerspreißelte Holzstücke von den Baumstämmen, die die Lawine mitgerissen hat. Ein Wunder, daß sie hier zum Stehen gekommen ist. Das Haus hat sie aufgehalten.
– Und es ist nichts passiert?
– In der hinteren Kammer hat es das Fensterglas eingedrückt und ein Schwall Eis- und Schneebrocken ist auf den Boden gekracht. Es war, als ob der halbe Berg abbricht. Ein Wüten und Donnern ... Sie machen sich keine Vorstellung,

Professor. Seien Sie froh, daß Sie nur immer im Sommer da sind. Die Sommer sind ja angenehm, aber die Winter!
– Bis direkt ans Haus heran, sagen Sie?
– Aber ja doch! Ich hör es noch rumpeln und denke mir, wieder eine Lawine, laufend sind ja welche abgegangen, Tag und Nacht, ich hör also das Donnern, und da spüre ich auch schon das Zittern des Bodens und weiß, sofort hab ich das gewußt, diesmal kommt sie auf uns zu, bis zu uns her. Nichts wird sie aufhalten. Der Winter dieses Jahr, Professor, es war eine Hölle aus Eis und Schnee.

Er wurde die Vorstellung des Wals nicht mehr los. Immer wieder sah er den weißen, gestrandeten Wal, wenn er an den folgenden Tagen aus dem Fenster sah. Er schmolz nur sehr langsam, lag er doch im Schatten von Haus und Felswand. *Ich, reitend auf dem weißen Wal*, schrieb sich der Professor in eines seiner Notizhefte. Glänzender Auftakt einer sich dann allerdings nicht weiterentwickelnden Satzperiode. *Ich, reitend auf dem weißen Wal* ... das gefiel ihm. Er ließ sich so gerne von den Wörtern hinwegreißen, die Gedanken waren manchmal langsamer als die Wörter, kamen nicht recht mit. Aber das machte nichts. Es kam auf die Schönheit der Sätze an. Und der mit *Ich, reitend auf dem weißen Wal* würde besonders schön werden. Irgendwann einmal, wenn die Zeit dafür reif war.
Er war zufrieden. Mit sich und seiner Kammer. Ihm zu Füßen liegend die Lawine, die vor seiner Behausung haltgemacht hatte, halt hatte machen müssen! Er, ganz an der Spitze, an vorderster Front einer alles niederwalzenden Eiswoge, dieser Gedanke gefiel dem Professor. Und er fühlte sich ganz und gar angekommen. Eigentlich würde er die

Kammer gar nicht mehr verlassen brauchen. Das, fand er, war ein schöner Gedanke: die Kammer gar nie mehr verlassen müssen.

41

– Barblan, kommen Sie doch einmal her.
Der Professor stand an der Eingangstüre der *Alpenrose* und machte ganz den Eindruck, als traute er sich nicht herein. Er winkte dem Wirt. Barblan tat höchst erfreut: sein Stammgast war wieder da.
– Herr Professor, gruetzi, na endlich, ich wußte es, Anfang Juni und Sie sind wieder da. So kommen Sie doch herein. Ihr Platz ist freigehalten worden, wie immer, Herr Professor, wir haben Sie doch schon erwartet, sehnlichst erwartet!
Der Professor blieb in der Türe stehen und winkte aufgeregt. Er schaute ängstlich ums Eck in den Speisesaal, und, wie konnte es anders sein, seine Befürchtungen wurden vollauf bestätigt: im Saal ging es zu wie in einer Bahnhofshalle.
– Nun kommen Sie schon, Barblan, ich muß mit Ihnen reden.
Er zog den Wirt am Arm nach draußen vors Hotel.
– Hatten Sie eine angenehme Reise, Herr Professor? Ich nehme an, heute erst angekommen?
– Seit zwei Wochen sitze ich in meiner Kammer. Ich muß es Ihnen sagen, Barblan: Ich kann nicht mehr.
Was konnte er nicht mehr? Der Professor sah unglücklich aus. Mehr als das. Verzweifelt.

– Ist Ihnen nicht wohl, Herr Professor? Kommen Sie doch, Sie müssen einmal etwas Ordentliches essen. Wir haben heute Bœuf Stroganow auf dem Speiseplan stehen. Meine russischen Gräfinnen, sie haben mich darum gebeten. Jetzt sind sie gerade einmal vier Wochen hier, und schon Heimweh nach Bœuf Stroganow.
Barblan lachte unanständig laut. Es hatte nicht die geringste ansteckende Wirkung.
– Ich kann mich nicht mehr an diesen Mittagstisch setzen. Nicht mitten unter diesen Menschen!
Der Professor zitterte geradezu. Was er nur hatte? Auf einmal.
– Es verursacht mir Brechreiz, mit diesen Menschen verkehren zu müssen. – Entschuldigen Sie.
Der Professor spürte wohl, daß er zu weit ging. Dabei hätte er noch ganz anderes herausschreien wollen. Langsam gewann er wieder Fassung. Das Wichtigste: seine Distinguiertheit nicht verlieren!
– Ich wünsche in Zukunft alleine zu speisen. Ganz alleine. Entweder ich komme vor der allgemeinen table d'hote oder nachher. Angesichts der Tatsache, daß mein Tagwerk bereits um vier Uhr früh beginnt, wäre ein vorgezogenes Mittagsmahl wünschenswert.
Seltsam, wie kühl er auf einmal war. Von einer Sekunde auf die andere war aus dem Vulkan ein Eisberg geworden. Barblan spürte, daß hier zu widersprechen völlig sinnlos war.
– Wie soll man da essen können? Gleichzeitig in diese Gesichter schauen und essen können. Es ist unmöglich. Auch das Sprechen ist mir ganz und gar unmöglich geworden. Das Conversation-Machen bei Tisch. Schon das Kauen bringt mich viel zu weit weg von meinem Denken, und

dann erst noch das Sprechen. Wissen Sie, was vor mir liegt, welche Aufgabe, welche Anstrengung?
Barblan wußte gar nichts. Wußte nichts und verstand nichts. Man mußte ihn einfach reden lassen, den Professor. Das brauchte der manchmal. Der beruhigte sich auch wieder. Nur nicht widersprechen.
– Also, wenn Sie wünschen, dann richten wir ab morgen Ihr Mittagsmahl separat.
– Jawohl, separieren. Sie begreifen ja doch!
Der Professor schien plötzlich glücklich zu sein. Wieder so ein Stimmungsumschwung. Überschwenglich drückte er Barblan die Hand, indem er mit der Linken auch noch dessen Arm unterfaßte.
– Endlich verstehen Sie!
Und verschwand, ehe ihn noch jemand von den Mittagsessern entdeckte, wie er da herumschlich um den Eingang der *Alpenrose,* und ihn womöglich noch einlud, doch hereinzukommen.

42

Der Professor wollte draußen bleiben. Auch jetzt noch draußen bleiben, wo doch schon bleigraue Gewitterwolken aufzogen, und zwar, wie es hier im Oberengadiner Inntal oft der Fall war, in beängstigender Rasanz. Eben noch war der Himmel von einer Bläue, die einem die Brust feierlich aufmachte wie einen Flügelaltar, da konnte er im nächsten Augenblick schon voller nasser, grauer Wolkenfetzen hän-

gen, die – erste, kirschkerngroße Tropfen kündigten es bereits an – gleich ausgewrungen werden würden.
Adrienne, der Professor spürte das, drängte es heim. Sie sagte es nur nicht. Aber er kannte doch ihre Gewitterangst, die größer war als irgendeine sonst. Zusammen waren sie wieder einmal das Fextal hinaufmarschiert, Adrienne hinaufgesprungen immer seitab vom Weg über Stock und Stein, der Professor geschritten, die vom Verschönerungsverein so zweckmäßig angelegten Wanderwege hinauf.
Lange würden die jetzt schon bedrohlich tief hängenden Gewitterwolken die Blitze nicht mehr zurückhalten können. Hinten im Tal bei Maloja, von woher das Donnergrollen bedrohlich rumorte, mußte bereits das größte Unwetter im Gange sein, der sturmartig aufkommende Wind zeigte es an. Erst waren es nur ein paar Laubblätter gewesen, die auf einmal über dem Staub des Gehweges zu tanzen angefangen hatten, jetzt bogen sich schon die Äste der Bäume in geradezu schmerzhafter Weise, so sehr wurde ihre natürliche Elastizität überspannt ... entweder sie brechen jetzt gleich ab oder der ganze Baum wird entwurzelt, hebt ab, fliegt davon!
Die ersten Tropfen schlugen hernieder wie Hagelkörner. Hinterließen kleine Tintenkleckse auf dem hellen Staub des Weges, der sich aber schnell, Klecks neben Klecks, dunkel einfärbte.
Bis in den Ort, dessen erste Hausdächer sie schon sahen, würden sie es nicht mehr schaffen, jedenfalls nicht, ohne völlig durchnäßt zu werden. Der Professor winkte Adrienne unter den Ast einer Lärche. Ein erster Blitz riß den schwarzen Himmel überm Tal in zwei Stücke. Ein Donnern, als ob ein abgesprengter Teil des Firmaments auf die Erde fiele.

Adrienne schlug die Hände vor die Ohren. So standen sie unter der Lärche. Sicher war das das Verkehrteste überhaupt. Die entsprechenden Merksätze von Buchen und dergleichen hatte sich der Professor nie gemerkt. Er liebte Gewitter. Vielleicht wegen ihrer dynamitischen Kraft. Wie so ein Gewitter zu sein, das wünschte er sich. Ich werde dieses Jahrhundert in zwei Teile sprengen, ein Teil vor mir, einer nach mir. Ich bin der Blitz, der dieses Jahrhundert erst erhellt, dann auseinanderspaltet.
Sanft nahm er Adrienne die eine Hand vom Ohr.
– Schau nur, die Blitze! Sind sie nicht herrlich? Blitze, die du siehst, Adrienne, die tun dir nichts, die können dir gar nichts mehr tun.
Sie befreite ihre Hand aus seinem Griff. Hielt sich aber nicht mehr das Ohr zu. Nur das andere. Ein Ohr zu, das andere offen.
– Nur die du nicht siehst ...
So stand sie da: unentschieden zwischen Nichts-sehen-und-Hören-Wollen von diesem Weltuntergang auf der einen Seite und interessiertem Horchen und Schauen auf der anderen.
– ... aber dann ist es eh zu spät. Schau dir die Blitze an, sind sie nicht wie Buchstaben? Der Himmel ist gerade so grau wie deine Schiefertafel. Und die Blitze sind die Buchstaben darauf.
Dicht war das Lärchendach auch nicht. Dem Professor liefen die Tropfen schon übers Gesicht. Zudem peitschte der Wind den Regen seitlich herein in den eh schon dürftigen Unterstand. Adrienne machte es jetzt auch nichts mehr aus, naß zu werden. Eigentlich war der Regen schön. Warm und weich, auf der eben noch von der Hitze aufgeheizten Haut.
– Blitze sind die einzige Möglichkeit der Natur, mit uns zu

reden, verstehst du? Ich würde auch gerne einmal in Blitzen schreiben. Erst ein Satz wie ein Blitz, dann der Donnerschlag. Szschschsch, gggrrrawummm groahwodobomdogam!
Adrienne mußte lachen. Zwar noch ganz unsicher und eher verschämt, aber sie lachte.
Wieder züngelte es steilrecht vom Himmel.
– Was, meinst du, war das für eine Nachricht? Hast du ihn gelesen, den Blitz, grad eben?
Adrienne zuckte mit den Achseln.
– Ich glaube, das hieß: *Kleine Adrienne, hab keine Angst.* Oder: *Der Grießpudding ist fertig, schnell, Adrienne, nach Hause!*
So standen sie eine Weile. Und versuchten, die Blitzschrift zu entziffern.
– Meinst du, wir sollen langsam nach Hause gehen?
Der Regen hatte nachgelassen, das Donnerwüten verkroch sich, war schon nur mehr das leise Knurren eines alten Hofhundes.
Adrienne streckte die Hand unter dem Lärchenunterstand hervor. Es regnete noch. Aber leise und sacht. Der Wind hatte aufgehört.
– Gehen wir, sagte sie.
Und sie stapften los, mitten durch die kleinen Sturzbäche, die sich den Weg hinunter nach Sils-Maria kurzerhand als Bachbett nahmen. Adrienne und der Professor, der seinen Schirm in der Hand herumwirbelte wie ein Zirkusjongleur seine Keulen. Aufspannen tat er ihn nicht. War ja ein Sonnenschirm. Durfte nicht naß werden.

43

Das war seit langem einmal wieder ein glücklicher Tag gewesen, mit Adrienne im Gewitter. Natürlich kamen sie völlig durchnäßt im Haus der Durischs an. Adrienne zitterte, als sie im Hausflur stand. Temperatursturz, dachte der Professor. Und: Typisch Engadin. Durischs Eltern aber schimpften, wenn auch gedämpft und zurückhaltend. Und bezogen ihren Logiergast durchaus in die Schelte mit ein.
– Warum müssen Sie auch hinaus bei so einem Wetter?
– Aber es hat doch die Sonne gescheint! wollte Adrienne protestieren.
– Man sieht doch, daß ein Wetter aufzieht.
– Ja eben, meinte der Professor. Aber das verstand wieder keiner.
Jedenfalls war Adrienne am nächsten Tag krank. Lag mit Fieber im Bett.
– Sie ist, das stellt sich immer mehr heraus, halt doch eine schwache Natur, meinte Doctor Courtin. Man solle ihr nicht alles erlauben.

44

– Er wird immer seltsamer, sagte Gian am Abend zu seiner Frau, noch seltsamer als letzten Sommer, aber das muß wohl so sein bei einem Professor der Philosophie, einem gnadenlosen Nachdenker. Jetzt, stell dir vor, jetzt denkt er darüber nach, wie er den deutschen Kaiser absetzen kann. Gian mußte lachen. Manchmal mußte man einfach lachen über die Ideen des Professors.

Schon sehr, sehr seltsam sei er geworden, fand allerdings die Durischin, die ganz ernst blieb, und die nun doch einmal etwas sagen mußte zu den Ausflügen, die der Professor mit ihrer Adrienne machte, immer wieder gerne machte, jeden Sommer wieder, und jedes Jahr sei sie etwas größer geworden und ... und reifer, ja, auch das, und nie habe sie etwas gesagt gegen diese Ausflüge, weil der Professor doch die Adrienne von klein auf kenne, fast so wie ein Onkel zu ihr sei, aber was sie neulich gesehen habe, mache sie nun doch nachdenklich, und ob man weiterhin da einfach zusehen könne, wie der Professor und die Adrienne ganz allein immer zu zweit das Fextal hinter oder um den Silser See herum ...

– Was hast du gesehen? unterbrach Gian, der auf einmal auch ganz ernst wurde.

– Ich wollte ihm ja nur frische Handtücher auf seine Kammer bringen, da hab ich schon das Gepolter gehört und das Gejohle, und ich hab' ja auch geklopft, an die Kammertür, aber er hat nicht reagiert, und da hab' ich noch fester geklopft und erst dann gemerkt, daß die Tür nur angelehnt war, weil sie vom festen Klopfen aufging, und da sehe ich ihn in der Kammer herumtanzen, zu seinem Gesang oder Gejohle, Gejaule, wie soll ich sagen, tanzen, nicht so wie unsereiner tanzt, Polka oder so, sondern so übertrieben elegant mit den Armen, und so angewinkelt das Bein, aber genau habe ich dann auch nicht mehr hingeschaut, weil er war ja ganz nackt, er hat mich bemerkt, mich angegrinst und weitergetanzt, der war gar nicht richtig bei sich, und außerdem ...

– Ja?
– Ich hab' ja gleich wieder die Tür zugezogen ...
– Ja, und? Was denn?
– Sein Ding ...
– Ding?
– Stand weg.
– Wie weg?
– Sein Ding war groß und stand weg.
– Und gleichzeitig hat er getanzt?
– Ja.
– Ich sag' ja, seltsam ist er geworden.
– Wir sollten vielleicht ...
– Was?
– Die Adrienne ...
– Ach so, ja, die Adrienne ...
– Nicht mehr sollten wir die Adrienne ...
– Nein. Wenn das so ist, dann nicht mehr.

45

Der Professor aber erlaubte sich von Tag zu Tag mehr, ja beinahe alles. Selbst die größten Kindereien. Warum auch nicht? Es gab Tage, da hatte er große Lust, nur kindisch zu sein. Er warf seine Manuskripte in die Luft und tanzte im Blättergestöber, das auf den Boden seiner Kammer schneite.
– Glauben Sie keinem Philosophen, Gian, der nicht auch einmal kindisch ist. Und jetzt besorgen Sie mir bitte eine kleine Kiste. Ungefähr so.

Für den Inhalt des Kästchens sorgte der Professor schon selbst. Am Bach, der zur alten Mühle führte, war es ein leichtes, eine der Kröten abzufangen, die dort im Dutzend herumsprangen. Damit ging er zu dem Fräulein Fynn. Tochter und Mutter kamen schon den dritten Sommer ins Engadin. Zusammen mit der Gräfin Mansuroff waren sie das englisch-russische Trio, das dem Professor im Grunde die liebste Gesellschaft war. Letzten Sommer hatten sie sich noch täglich zur table d'hote in der *Alpenrose* getroffen. Dieses Jahr allerdings hatten die Engländerinnen ihr Quartier nicht mehr in Sils-Maria genommen, sondern im aufstrebenden Maloja. (Wenn er schon verlassen worden war, konnte er sein Mittagessen auch gleich ganz alleine einnehmen.) Ein neureicher, belgischer Comte hatte mit dem Vermögen seiner Frau ein gigantisches Hotel hingestellt, es solle, sagten die Engadiner, den größten Kursaal der Alpen haben. Und, man stelle sich vor, Fahrstühle!
Oft stand das Fräulein Fynn im Garten des Hotels an der Staffelei. Der Professor war wie betäubt von der Pracht der Anlage, dem Luxus des Hotels (modernste Zentralheizung hatten hier die Zimmer, und er in seiner Kammer hatte nicht einmal ein Öfchen). Was hatte er, der Höhlenbär, hier eigentlich zu suchen? Und mitten in dieser Pracht das noch prachtvollere Fräulein Fynn mit ihren schönen, putzigen Malstudien von Obst-Stilleben und Blumenarrangements.
– Es fehlt das Häßliche, sagte der Professor, als er wieder einmal sein englisch-russisches Trio besuchte. Sie müssen, Fräulein Fynn, ein kleines, häßliches Detail einbauen in Ihr Bild. Das hebt das Übrige. Ich meine, die Schönheit der Blumen käme dann erst zu voller Wirkung, würde es mit dem Häßlichen kontrastiert.

Auf diesen Augenblick hatte er die ganze Zeit gewartet. Er holte die Kiste hinter seinem Rücken, wo er sie die ganze Zeit gehalten und versteckt hatte, hervor.
– Hier, wie wäre es hiermit, setzen Sie die doch mitten unter Ihre schönen Blumen.
Er gab Fräulein Fynn die Holzschachtel, sie öffnete, und eine fette, braune Kröte mit Glupschaugen starrte sie an. Der Professor nahm ihr sein Präsent wieder ab, ging damit zu dem auf einem Tisch arrangierten Blumengebinde und schüttelte das Tier, das sein dunkles Versteck nicht verlassen wollte, in die farblich überaus geschmackvoll abgestimmte Komposition. Fett und braun saß dort jetzt ein ekliger Kontrapunkt, der die übrige Schönheit, so jedenfalls fand der Professor, ungemein hob.
Auch machte es ihm Spaß, seine ihm nicht mehr von der Seite gehenden Damen, wie die mittlerweile zum Doctor der Philosophie promovierte Meta von Salis, mitunter etwas zu schrecken, etwa indem er sie weit hinaus auf den See ruderte in dem beim Bootsverleih ausgeliehenen Kahn. Und zwar vorzugsweise, wenn Sturm aufkam!
Beim Ablegen vom Ufer war er noch voller Übermut und närrischer Ideen, schlug mit dem Blatt des Ruders aufs Wasser, daß es nur so spritzte, lachte und rief:
– Diesmal muß es gelingen, diesmal wollen wir untergehen, Meta!
Mitten auf dem See angelangt und ziemlich außer Atem konnte er plötzlich ganz still werden, fast schon deprimiert, seine Stimmungsstürze waren mindestens so rasant wie die Engadiner Wetterumschwünge und, so schien es jedenfalls Meta von Salis, nicht minder bedrohlich. Er wurde dann ganz finster. Hatte seltsame Visionen:

– Wie wohl das Leben der Fische ist, ich meine im Winter, dort unten. Stellen Sie sich vor, wir müßten so leben: über ein halbes Jahr Finsternis, absolute Finsternis. Und über Ihnen ein Himmel aus zwei Meter Eis. Das immer tiefer, immer näher an Sie herankriecht. Sie spüren, wie alles um Sie herum immer zäher wird, Ihre Bewegungen erlahmen, wie Sie langsam eingeschlossen werden in einen Block aus Eis.
– Hören Sie auf, das ist ja eine schreckliche Vorstellung!
– Manchmal aber fühle ich mich so.
Eine Gewitterwand zog auf, vom Talende, von Maloja her. Noch war die Wasseroberfläche des Sees ganz glatt.
– Es gibt nur einen Ort, wo ich einmal begraben werden möchte, hier, am Ufer des Silser Sees.
– Aber Professor! Ihre Zeit auf dem Gipfel kommt doch erst noch. Sie sind noch im Aufstieg. Ich glaube, Sie sind noch gar nicht wirklich auf dem Gipfel angelangt. Nehmen Sie zum Beispiel Professor Brandes in Kopenhagen. Von Kopenhagen aus werden Sie die Welt erobern. Sagten Sie nicht, Brandes wird Vorlesungen halten über Ihr Werk, eine ganze Vorlesungsreihe?
Ja, Brandes, da hatte sie recht, dachte der Professor. War aber auch der einzige. Sonst: kein Verleger, keine Leser, kein ihm wirklich ebenbürtiger Kritiker. Ob er noch rechtzeitig gekommen war, Brandes, der Helfer?
– Ich rechne jeden Monat damit, daß die Zahlungen der Baseler Staatskasse und des Vermächtnisfonds reduziert, wenn nicht gar eingestellt werden. Es könnte sein, daß ich schon bald völlig mittellos bin.
– Und all Ihre reichen Freunde hier? Warum macht es sich niemand zur ehrenvollen Aufgabe, Ihr Mäzen zu werden?
Der Professor sah sie direkt an, sie drehte auch gleich das

Gesicht weg, tat, als bewundere sie die Berge, hier vom See aus. War sie nicht selbst Tochter einer der reichsten Familien Graubündens? Auch er blickte jetzt über den See.
– Wissen Sie, wie leicht es für euch alle, für Brandes, für Taine, für Sie, war, mich zu finden, nachdem sie mich entdeckt hatten? Aber Sie werden sich noch wundern, welche Schwierigkeiten es machen wird, mich wieder zu verlieren.
– Ich glaube, wir sollten jetzt besser ans Ufer rudern.

46

In Italien wüte die Cholera! Und er verlasse nun Sils-Maria wie jeden September ausgerechnet in Richtung Italien.
– Du wirst Dich anstecken, mein Junge, schrieb die Mutter. Fahr nicht nach Italien. Komm nach Naumburg. Du weißt doch, immer ist Dein Zimmer für Dich hergerichtet.
Typisch Naumburg, dachte der Professor. Nicht die geringste Ahnung, aber gleich das Schlimmste orakeln. Er schrieb ihr zurück:
– Italien ist etwas Langes, meine liebe Mutter. Und die Cholera auf Sicilien! Wärst Du in Naumburg beunruhigt, wenn es hieße, in Zürich sind ein oder zwei Fälle von Choleraerkrankung bekannt geworden? Siehst Du! Die Wurstsendungen demnächst also bitte an die folgende Adresse: Venezia, calle dei preti 1263, San Marco. Dein altes Geschöpf.

Der siebte und letzte Sommer

»Nur Narr! Nur Dichter!
Nur Buntes redend,
aus Narrenlarven bunt herausredend.«

aus den »Dionysos-Dithyramben«
des Professors

47

Hätte sich der Professor die Frage vorgelegt, warum wieder, warum noch einmal, genauer: warum zum siebenten Mal Sils-Maria, er hätte keine Antwort darauf gewußt. (Er legte sich solche Fragen aber längst nicht mehr vor.) Vielleicht aus Gewohnheit? Ja, so war es wohl, daß er ganz einfach aus Gewohnheit wieder nach Sils-Maria reiste. Sie, die das Leben einigermaßen erträglich machende Helferin, war es, die ihn mit sanfter Gewalt ins Oberengadin entführte!

O süße Gewohnheit! Wie er sie schätzengelernt hatte in den letzten Jahren, er, der immer stolz darauf gewesen war, Gewohnheiten nicht zu kennen, jeden Augenblick aus der Improvisation heraus zu leben, tänzelnd jederzeit in jede Richtung den unerwarteten Ausfallschritt machen zu können.

– Koffer packen, Abreise! konnte er von der einen auf die andere Sekunde dekredieren, und da wußte er noch nicht einmal, wohin die Abreise gehen sollte. Er war jemand, der seine Entscheidungen in der Bahnhofshalle traf, vor dem angeschlagenen Fahrplan stehend wie auf einem Feldherrnhügel. Das waren die Momente größter Freiheit, wenn er selbst überrascht wurde von dem, was er im nächsten Augenblick entscheiden würde.

So war er einmal gewesen.

Jetzt aber war er müde, nur mehr müde, selbst der Freiheit müde. Wie gut, daß ihm die kleinen Gewohnheiten, mühsam genug eingeübt in den letzten Jahren, Entscheidungen abnahmen, wegnahmen, sie verräumten, aus dem Blickfeld schafften, so daß er seine Existenz fraglos führen konnte, fragelos jedenfalls, was solche Dinge des Alltags betraf. Mantel hatte er seit 18 Jahren immer denselben an. Paßte ihm ein von der Schwester ausgesuchtes Oberhemd, orderte er davon ein Dutzend, das enthob ihn peinigender Selbstbefragungen, welches Hemd anzuziehen sei. Gewöhnlich band er jetzt erst den rechten Schuh, dann den linken, früher hatte ihm eine Frage wie diese den ganzen Morgen verderben können. Auch hatte er endlich die Theesorte gefunden – Horniman aus England –, die ihm zusagte und vor allem, die ihm bekömmlich war und die er daher gleich in Kilodosen zu 12 Franken einkaufte und allmorgendlich trank. Zwar schmeckte der Thee nicht besonders gut, aber zumindest war er gleichbleibend und zuverlässig schlecht. Horniman war, da konnte man, im Gegensatz zu manch anderen Theesorten, sicher sein, *keine* Sache des Versuches! Dagegen war im Falle der Jagdwurst, die ihm die Mutter erstmals zugeschickt hatte, weil vom Fleischer in Naumburg neuerdings ins Angebot mitaufgenommen, schlechterdings nicht zu entscheiden, ob sie nun wirklich besser schmeckte als die Schinkenwurst ... oder ob es sich nur um eine vorübergehende Geschmacksnerventäuschung handelte, die sich schon bald als eine solche herausstellen und in Ekel und Überdruß enden würde. Er schrieb daher nach Naumburg, ach Mutter, wir wollen beim Alten bleiben, beim Bewährten, bei der gewohnten, feinen Schinkenwurst! Autoren las er immer wieder die, die ihn schon einmal unterhalten und von seiner Denkarbeit abgelenkt hatten, also immer wieder Keller, immer wieder Dostojewski, hin und wieder auch Stifter, der war so schön herbstlich. Keine Experimente mehr, nicht in solchen belanglosen, nur aufhaltenden Fragen.

Also auch kein allsommerliches Entscheidungsgericht mehr, wohin flüchten vor der Hitzeglocke, die sich ab Mai, Juni über seine italienischen Winterzufluchtsorte zu stülpen begann. Sils-Maria, wohin sonst!? Kein Abwägen mehr, welches die beste Diät sei: nur noch Beefsteak und Spinat in der *Alpenrose*, dazu ein Glas Wasser, zum Nachtisch ein mit Marmelade gefülltes Omelett. Jeden Mittag wieder. Barblan hatte es längst aufgegeben, seinem Gast den Mund nach anderen, alternativen Speisen wässrig zu machen.
– Unterstehen Sie sich, sagte der Professor, und tischen mir etwas anderes auf. Immer das gleiche, Tag für Tag, haben Sie verstanden, Barblan? Auch der Magen ist ein zur Gewohnheit abzurichtendes Tier. Verstehen Sie?
Eine Sache neu überdenken, neu das Für und Wider abwägen, Pladoyers halten, vor allem, wenn es Fragen waren wie: Ziehe ich die grünen oder die braunen Paar Strümpfe an? Das alles überstieg seine Kräfte, die er sich einteilen mußte, aufsparen für das Wesentliche.
Zum Beispiel für den Kampf gegen die europäischen Fürstenhäuser! Den hatte er demnächst ganz alleine zu führen. Er teilte Gian das mit, so wie man einen Komplizen in einen geheimen Plan einweiht. Gleich am Tag nach seiner Ankunft nahm er ihn zur Seite:
– Diesen Sommer fällt die Entscheidung, Gian!
– Ah ja.
– Wir werden unter Umständen hier bei Ihnen, hier im Haus, vielleicht im Keller, eine Zelle einrichten müssen, um die Geiseln festzuhalten. Ganz spartanisch, ohne jeglichen Komfort, sie sollen faulen, jawohl, ruhig sollen sie verfaulen!
– Wenn Sie meinen.

Das gefiel dem Professor an Gian, daß er ruhig blieb, ganz ruhig und gelassen, egal was man ihm mitteilte. Und wenn es die größte Ungeheuerlichkeit der Weltgeschichte war. Auf Gian war Verlaß.

48

Viel Zeit hatte der Professor nicht mehr. Es drängte. Drängte aus ihm heraus. Vier komplette Buchmanuskripte in einem Dreivierteljahr.

War die eine Schrift fertig, mußte die nächste begonnen werden. Ohne den geringsten Aufschub. Sofort! Wenn es sein mußte, noch am selben Tag. (Und es mußte sein!) Schlußstrich unter die eine Schrift, Eröffnungssatz für die nächste. Den *Fall Wagner* entschieden, innerhalb weniger Tage zum Abschluß gebracht, natürlich zu einem vernichtenden Abschluß für die Angeklagten. Und sofort *Götzendämmerung* begonnen. Die schrieb er nieder in einer so lächerlich geringen Anzahl von Tagen, daß man es gar nicht sagen durfte, vor den Freunden und Lesern, die allerdings eh nur mehr an einer Hand abzuzählen waren.

Den *Fall Wagner* zu Naumann nach Leipzig geschickt, zu besonderer Eile gemahnt. Und von der Post zurückgekommen, immerhin ein einstündiger Fußweg bis nach Silvaplana, eine nachmittägliche Tasse Cacao getrunken, welch eine Erholung, und dann *Götzendämmerung* begonnen. Letzten Sommer noch hatte der Professor an Peter Gast geschrieben, für eine Reihe von Jahren werde er überhaupt nichts mehr drucken lassen. Und jetzt hatte er Material, um vier Druckereien gleichzeitig zu beschäftigen. Er schrieb ja jetzt auch gleichzeitig, an vier bis fünf Werken gleichzeitig. Und alles war so leicht. Manchmal sahen ihn die Bauern, die beim Heuen auf den Wiesen standen und unter der Hitze stöhnten, wie der Professor, fast schien es: im Laufschritt, jedenfalls unübersehbar beschwingt von seinem Spaziergang um den Silser See herum nach Hause eilte. Und wenn ihm die sommerfrischelnden Damen dabei in die Quere kamen auf den engen, oft zwischen Felswald und Abgrund hingezwängten Wanderwegen, dann rief er schon von weitem:

– Meine Damen, wollen Sie mich bitte vorbeilassen!

Er hatte es, das konnte jeder sehen, eilig.

Götzendämmerung noch nicht fertig, aber *Antichrist* schon begonnen. Und im Kopf bereits *Ecce homo.* Zwar noch nicht aufgeschrieben, aber schon fertig. Warum ich so schnell schreibe, rief er immer wieder diesen herrlichen Satz vor sich hin, warum ich so schnell schreibe und warum ich so klug bin! Und eilte die Gassen zu Durischs Haus hinauf. Doctor Courtin stand mehr oder minder kopfschüttelnd am Gartenzaun. Der Professor trat zu ihm hin, und ohne ein Wort der Begrüßung, ohne die geringste Erklärung warf er dem Doctor ins Gesicht:

– Zwölf Jahre nur noch!

Mehr nicht. Nur ein zweites Mal:

– Zwölf Jahre noch!

Damit war doch alles gesagt. Wer jetzt noch nicht erkannte, um was es ging, der war hoffnungslos verloren für die Zukunft.

Keine neuen Erlebnisse mehr, nichts mehr von außen her-

ankommen lassen, was ihn ablenken könnte, nur noch seine Höhle bei Gian und aufschreiben, was bereits fertig gedacht war.
– Schön eins nach dem anderen, sagte sich der Professor und schrieb dann doch alles gleichzeitig und nebeneinander. Wenn er nicht aufpaßte, sogar durcheinander. Er entwarf Titel für Bücher, die er noch gar nicht geschrieben hatte. Auf eine seiner Einkaufslisten notierte er einen besonders gelungenen Titeleinfall. Dort stand jetzt mitten zwischen *Rasierseife* und *Biskuit, ein Kilo Zucker* und *Zahnbürste ... Wille zur Macht!*
– Alles muß jetzt schnell gehen, erklärte er Adrienne und bat sie, noch einmal zur Poststation zu laufen, er selbst war ja schon zweimal dort gewesen, immer war noch eine Abänderung den Manuskripten hinterherzuschicken, ein Appendix, ein Nachsatz, eine alles wieder um- und umkehrende Neufassung. Die gemeinsamen Spaziergänge fielen schon seit Wochen aus.
– *Ecce homo* noch, dann nichts mehr, endgültig nichts mehr!
Das sollte Adrienne trösten, vertrösten auf die Zeit, wo es ihm wieder erlaubt sein würde, die Spaziergänge mit ihr zu machen, doch Adrienne konnte sich darunter nichts vorstellen: Eckze omo. Traurig ging sie zur Post und brachte ein Päckchen mit zurück, das dort *poste restante* für den Professor hinterlegt war.
Naumann aus Leipzig. Er schickte das gesamte Manuskript von *Der Fall Wagner* zurück. Unleserlich, schrieb er, absolut unleserlich. Sie hätten es ja probiert, aber ... der Herr Professor möge selbst urteilen anhand des beiliegenden Bürstenabzuges einiger Probeseiten, ob das noch irgendeinen

Sinn ergebe, das mühsam und wahrscheinlich nicht ganz fehlerfrei Entzifferte.
Sie hatten seine lateinischen Buchstaben für griechische genommen, so unleserlich war sein Gekritzel. Einfach griechische Zitate erfunden, die natürlich barer Unsinn waren.
– Hornochsen! schrie er durch seine Kammer.
Warum nur waren alle gegen ihn?

49

– Habe ich dir eigentlich schon einmal etwas vorgelesen, Gian.
– Nein ... nein, Professor ...
– Möchtest du gerne, daß ich dir etwas vorlese?
– Ich weiß nicht, Professor, ob gerade ich der Richtige ... ich muß ja auch noch in den Stall ...
– Weißt du, Gian, daß es in Deutschland kein einziges Ohr gibt, das mich hört, mich versteht. Ich habe nicht einen einzigen Leser. Ich könnte dir meine neuesten Dichtungen vorlesen. Keine Philosophie, du brauchst keine Angst haben, Gian, Dichtung, verstehst du, reine Dichtung, wie gerne würde ich mit einem Dichter verwechselt werden. Eigentlich ist alles Dichtung, was ich schreibe. Die Philosophie habe ich hinter mir gelassen. Einerseits sind es Hammerschläge, Blitzschläge, Dynamitexplosionen, was ich schreibe, andererseits Dichtungen, jenseits von sieben Himmeln geschrieben. Eigentlich für niemanden bestimmt. Keinem Ohr zugänglich. – Soll ich dir daraus vorlesen,

Gian? Ich meine, irgendwann sollte ich doch gerade dir einmal etwas vorgelesen haben ...
– Unsereiner hat für so etwas wenig Muße. Wissen Sie, am Abend, es ist immer etwas zu tun.
– Ich könnte dir die Dionysos-Dithyramben vorlesen.
– Heut' zum Beispiel wollte ich noch das Ochsengeschirr ausbessern. Das Leder ist schon ganz mürbe und bricht. Ich bräuchte ein neues. Aber ich muß das alte noch einmal flicken.
– Bei abgehellter Luft, wenn schon des Taus Tröstung zur Erde niederquillt ... das verstehst du doch, Gian? Des Taus Tröstung! Wenn du ganz in der Frühe hinausgehst, um frisches Grünfutter für den Ochsen zu holen, da ist sie doch noch naß, die Wiese, vom Tau, oder, Gian?
– Ja, schön ist das schon.
– Tröstung, Gian! Eine einzige, vielleicht *die* einzige Tröstung. Oder das: Gedenkst du, heißes Herz, wie einst du durstetest, versengt und müde durstetest, dieweil auf gelben Graspfaden boshaft abendliche Sonnenblicke durch schwarze Bäume um dich liefen ... Ach, die gelben Graspfade, sie sind das Schönste in Sils-Maria.
– Na ja, diesen Sommer ist alles braun. Von wegen dem vielen Regen.
– Ich glaube, man müßte sterben, wenn man diese Dithyramben unvorbereitet läse. Zum Glück habe ich dich vorbereitet, auf die Schönheit, Gian. Noch nie ist so etwas in deutscher Sprache geschrieben worden.
– Ja, wahrscheinlich. Wenn Sie es sagen, Professor. Sie kennen sich da besser aus.
– Keine drei Leser, Gian.
– Machen Sie sich nichts draus, Professor.

– Meine nächste philosophische Schrift allerdings hat es nötig, daß sie sofort in allen europäischen Sprachen zur selben Zeit erscheint. Sie ist die Präambel einer neuen Weltregierung. Ich denke daran, die erste Auflage in einer Million Exemplare drucken zu lassen.
– Ist das nicht etwas viel?
– August Strindberg muß die schwedische Ausgabe übersetzen!
– Wer?
– Strindberg!
– Ich kenne mich da nicht so aus, Professor ...
– Und Brandes die dänische. Sofort in allen Sprachen will ich mit dieser Schrift ganz Europa wachrütteln.
– Sicher wird Ihnen das gelingen.
– Dem Kaiser und Bismarck schicke ich die beiden ersten Exemplare, wenn das Buch fertig ist. Zusammen mit einer Kriegserklärung. Ich habe vor, sämtliche europäische Fürstenhäupter füsilieren zu lassen. Oder sagen wir nicht füsilieren, sagen wir: sie ein für allemal festsetzen. Du hilfst mir doch, Gian, den Krieg gegen die beiden Mucker in Deutschland zu erklären.
– Ich weiß nicht, ob ... Finden Sie das wirklich angebracht, Herr Professor?
– Du weißt nicht, wie du mir helfen kannst?
– Ja, genau!
– Aber das ist doch ganz einfach. Ich schreibe die Briefe, du bringst sie auf die Post.
– Einfach so?
– Natürlich.
– Also gut.

Und er nahm sie in Empfang, die ungeheuerlichen Schmähschreiben, adressiert an sämtliche Fürstenhäuser Europas, und legte eins zum anderen, denn wirklich abschicken konnte man sie nicht, das brachte Gian nicht über sein Gewissen und das verriet ihm sein Instinkt: Es würde unangenehme Folgen für den Professor haben, wenn er beispielsweise an den deutschen Reichskanzler schrieb, er kündige ihm hiermit seine Feindschaft an. Oder nach Rom, irgendeinem dieser Kardinäle dort, es habe sich nun unzweifelhaft herausgestellt, daß er es eigentlich gewesen war, er, der Professor, der die Welt erschaffen habe. Und er sehe nun lachend ein, daß darin wohl auch ein Papst vorgesehen sein müsse. Allerdings, und das müsse er nun doch mitteilen, sei dieser Papst ebenso wie alles andere ... von ihm erschaffen, seine Kreation!
Gian gab die adressierten und frankierten Briefe in eine Schachtel und versteckte sie ganz weit hinten im Küchenschrank. Verlorengehen sollte wegen ihm nichts.
Der Professor aber wunderte sich, warum keines der Fürstenhäuser antwortete.
– Memmen, sagte er zu Durisch, wenn der wieder mit leeren Händen von der Poststation kam. Siehst du, wie sie Angst haben, vor mir und meinem kleinen Büchlein. Keiner rührt sich, niemand wagt ein Widerwort.
Und legte den Arm um Gians Schulter, seinen Kampfgefährten.

50

Für einen, der Fürstenhäuser in Angst und Schrecken versetzte, machte er dann aber auch wieder einen ziemlich erbärmlichen Eindruck, der Professor. Es gab Tage, da stand er in seiner Kammer und es schüttelten ihn Weinkrämpfe. Eine Stunde und länger. Grundlose Weinkrämpfe. Nichts konnte ihn da mehr beruhigen. Auch Gians gutes Zureden nicht.

– Aber was ist denn, Professor? Beruhigen Sie sich doch!

– Zu schwach, Gian, ich bin in allem zu schwach. Zuviel Mitleid, immer noch, dieses Zurückzucken vor den letzten Konsequenzen, den allerletzten. Ich schaff es nicht, ich kann mich nicht zu dem machen, der ich sein möchte. Zum Beispiel rücksichtslos bis zum letzten. Wenn es sein muß auch gegenüber der eigenen Familie. Ich sollte ... nein, ich müßte ... ich muß der Schwester einen Brief schreiben, einen allerletzten. Von der ganzen Familienkanaille losreißen. Das wäre meine Aufgabe. Überhaupt breche ich nach und nach alle menschlichen Beziehungen ab. Und jetzt wäre die Schwester an der Reihe. Keine Rücksicht mehr auf die anderen nehmen, nur sich selbst entwickeln, sich selbst gestalten, hinauf ins Höhere veredeln. Nur dann hat man ein Recht zu existieren, verstehst du?

– Ehrlich gesagt: nicht ganz.

Der Professor faßte sich plötzlich wieder, fand seine Haltung.

– Das macht nichts, Gian. Ich will ja gar nicht, daß man ganz und gar Partei für mich nimmt. Das ist gar nicht notwendig. Ja, nicht einmal gewünscht. Man soll mich mit ein

wenig Neugierde betrachten, wie ein seltenes Tier, das genügt schon. Und ich bin es ja auch, ein seltenes Tier. Ich mache es euch allen vor. Einer muß vorangehen und es den anderen vormachen.
– Was vormachen?
– Was man aus seinem Leben machen kann. Machen könnte! Ich habe nur gelebt, um ein Beispiel zu sein.
– Und die vielen Bücher, die Sie geschrieben haben? Das ist doch etwas, Professor, das läßt sich doch vorzeigen. Ich verstehe Sie nicht, wie Sie so verzweifelt sein können. Wer kann das schon vorweisen, all diese Bücher? Und damals in der Zeitung, der Artikel. Ich habe ihn nicht gelesen, aber ganz Sils-Maria hat davon gesprochen. Das war doch ein Erfolg, oder? Eigentlich ein Triumph!
Der Professor lächelte wieder. Gians Bemühen rührte ihn. Auch wenn es völlig falsch war. Seinen Ideen nach rigoros abzulehnen: Gian hatte viel zuviel Mitleid mit ihm.
– Meine Bücher gelten nur, wenn ich sie auch gelebt habe. Das ist es, weißt du, Gian. Das macht es so schwierig
Gian wollte nicht noch einmal zugeben, daß er das, ehrlich gesagt, nicht ganz verstand. Er nickte nur.

51

Und er schrieb den Brief an die Schwester auch. Und er sagte ihr ins Gesicht, daß er von ihr Abschied nehmen müsse. Das sei eine ernste Notwendigkeit. Weil sie einfach nicht begreife – obwohl ihm nächstverwandt! –, daß sich in ihm, in seiner Existenz, die Frage von Jahrhunderten entscheide. *Ich habe, ganz wörtlich geredet, die Zukunft der Menschheit in der Hand.* Er überflog das Geschriebene. Strich *Jahrhunderte* durch und schrieb: *Jahrtausende.* Und weiter: Auch solle sie ja keines seiner in Zukunft noch erscheinenden Bücher lesen. *Es würde Dich über alle Maßen verwunden – und mich auch.*

Natürlich schickte er den Brief nicht ab. Es war genau dieses Zurückzucken vor der letzten Konsequenz, von dem er gegenüber Gian gesprochen hatte. Der Brief oder genauer der Entwurf dazu war in seiner ganzen Schärfe eine einzige Wahrheit und Notwendigkeit. Gerade deswegen durfte ihn die Schwester unter keinen Umständen lesen. Der Professor zerknüllte das Blatt Papier und warf es in die Zimmerecke. (Gian fand es später, nach der Abreise des Professors, unter dem Tischchen, auf dem die Waschschüssel stand. Er strich das Papier glatt, überflog die Zeilen, schüttelte den Kopf. Sogar mit der eigenen Schwester hätte er rigoros gebrochen. Er legte den Entwurf zu den übrigen Papieren, die er bereits gesammelt hatte und sorgsam aufhob. Und so kam dieser Brief dann doch noch – später, viel später – in die Hände der Schwester. Aber da war ihr der Bruder schon restlos ausgeliefert und, auch wenn er es nicht mehr sagen konnte, dankbar für alles.)

52

Jetzt hatte er Woche um Woche ausgehalten, in der Hoffnung auf besseres Wetter. Aber statt dessen wurde es immer noch schlimmer. Regengüsse, als ob eine neue Sintflut bevorstünde. Und jetzt fingen sogar schon die Berge an zu rutschen. Wenn erst einmal die Berge rutschen, sollte man die Flucht ergreifen. Aber die Straßen waren schon überschwemmt und von Murenabgängen verschüttet. Der Professor fürchtete, eingeschlossen zu werden. Das wäre das Schlimmste überhaupt, nicht mehr die Flucht ergreifen zu können. Festgenagelt zu sein. Panik beschlich ihn.
Und bei erster Gelegenheit, als die Zufahrtsstraße wieder halbwegs geräumt und das Hochwasser abgelaufen war, nahm er Reißaus. Packte nur das Allernotwendigste zusammen.
– Nächstes Jahr komme ich ja sowieso wieder. Die Bücher lass' ich da. Alles, was auf dem Boden liegt, kannst du verbrennen, Gian. Wertlose Entwürfe, überholte Fassungen. Dieser Sommer war so ungeheuer ertragreich, was da noch alles auf dem Boden liegen bleibt! Es ist wie in deinem Obstgarten, Gian. Man kann gar nicht alles aufklauben von meinem Gedankenfallobst. Weg damit! Schür den Ofen damit ein!!
Es war wirklich nur ein Handkoffer, den er dabeihatte. Etwas Wäsche, sein Schreibzeug, mehr nicht. Den Plaid hatte er umgeworfen, den Schlapphut aufgesetzt. (Es war noch immer derselbe Plaid und derselbe Schlapphut wie vor acht Jahren, als er hierhergefunden hatte, zum ersten Mal.)

Und weil er nur so leicht bepackt war, lief er den Weg nach Silvaplana zur Haltestation der Postkutsche auch zu Fuß.
– Brauch keine Droschke, sagte er zu Barblan, der ihn hätte aufsitzen lassen bei sich auf dem Kutschbock, er brachte einige Gäste der *Alpenrose* gerade nach Silvaplana.
Nein, der Professor ging zu Fuß, und so sahen sie ihn, wie sie ihn die letzten Wochen immer gesehen hatten, eilenden Schrittes die Dorfstraße hinunter verschwinden.

Epilog

»Amor fati: das ist meine innerste Natur. Und was mein langes Siechthum angeht: verdanke ich ihm unsäglich viel mehr als meiner Gesundheit.«

ein letztes Mal der Professor

53

Den folgenden Sommer blieb der Professor aus. Nachricht kam auch keine von ihm. Zwar tuschelten die Damen in der *Alpenrose* und im *Kursaal* von Maloja gerüchteweise so manches, Genaues aber wußte keine. Krank soll er geworden sein, der Professor, krank an Geist und Gemüt. Die Physis aber sei weiterhin robust. (Gestählt hatte er seinen Körper durch die oft stundenlangen Wanderungen.) Ob es da noch Besserungs-, gar Heilungschancen gebe? Man machte kummervolle Mienen.

Im Sommer '91, nach immerhin drei Jahren des Schweigens aus Naumburg, tauchte die Schwester des Professors im Ort auf. Ganz in Schwarz, sehr herrisch. Die Durischin erschrak gleich, meinte gar, das Schlimmste annehmen zu müssen, wegen der schwarzen Kleidung, aber die Frau Förster beruhigte, wenn auch sehr einsilbig, ohne Näheres zu verraten und mit einer gewissen Kälte in der Stimme. Kalt genug jedenfalls, um ihre ganze Verachtung spüren zu lassen, die sie für diese Leute übrig hatte, die ihrem Bruder eine solche Bleibe zugemutet hatten.

Als sie die Kammer sah, schüttelte sie den Kopf.

– Mein Mann hat extra die Wände mit grünem Tuch tapeziert, weil es Ihr Herr Bruder so gewünscht hat, wegen der Augen.

Das alles wollte sie gar nicht hören, die Frau Förster. Sie sei gekommen, um seine persönlichen Dinge abzuholen, vor allem auch die Manuskripte, die er zurückgelassen habe.

– Sämtliche Papiere! Jedes Schnipselchen, jede aus seinen Notizheften herausgerissene und zusammengeknüllte Seite

möchte ich haben. Ich verwalte ab sofort das Werk meines Bruders.
– Wie geht es ihm denn? fragte die Durischin.
Sie bekam keine Antwort.
– Selbstverständlich, sagte Durisch, als ob es wirklich eine Selbstverständlichkeit wäre, daß ein Kolonialwarenhändler, der lediglich eine seiner Kammern an einen Sommergast vermietet hatte, den Wert zusammengeknüllter und unter dem Bett zwischen Woll- und Staubmäusen vergessener Papierfetzen erkennt.
– Alles habe ich aufgehoben.
Und händigte auch alles aus, was er retten hatte können. Mittlerweile war nämlich die Kammer bereits vom Hotel *Alpenrose* angemietet worden, als Ausweichquartier in der Hauptsaison, die vorhandenen Betten reichten nicht mehr aus für den Ansturm der Gäste, die neuerdings alle im Engadin ihre Sommerfrische verbringen wollten.
– Das Chloral hat ihn ruiniert, brach es plötzlich aus der Schwester heraus. Und Sie haben es ihm auch noch besorgt! Allein dieses Teufelszeugs wegen hat er den Verstand verloren. Aufgefressen hat das Chloral sein Gehirn. Und dabei hatte er noch so viel vor.

Monate nach diesem Besuch kamen perfide Briefe der Schwester, es fehle noch dies und jenes unter seinen persönlichen Dingen, eine Taschenuhr beispielsweise, und die Aufzeichnungen ihres Bruders erschienen ihr ebenfalls nicht vollständig. Ob da nicht doch vielleicht etwas zur Seite gelegt worden sein könnte, versehentlich.
– Was bildet die Gans sich ein, schimpfte Durisch. Nichts habe ich behalten. Alles ihr gegeben.

– Schreib ihr halt noch einmal, meinte die Durischin.
– Nichts da! Nicht schreib ich ihr noch einmal.
Und er dachte an das eine Erinnerungsstück, das er halt doch für sich behalten hatte, den roten Sonnenschirm. Ob der so wichtig war? Ihm schon. Aber denen dort in Naumburg doch nicht? Was konnte denen ein alter, zerrissener Sonnenschirm bedeuten?
– Leid tut mir ja bloß der Professor. Bei so einer Schwester.
– Sie wird es nur gut meinen.
– Ach was.

54

In Naumburg und später dann Weimar fehlte es dem Professor indes an nichts. Er hatte sein Zimmer, sein Essen, täglich half ihm die zierliche, selbst schon kränkelnde Mutter in den Badezuber, und als ihr das beim besten Willen nicht mehr gelang, sah sie sich nach einem Helfer um, den sie in dem bereits pensionierten Herrn Tittel auch fand. Tittel war ein rüstiger Endsechziger, zwar kein gelernter Krankenpfleger, aber von zupackender Art. Fritz schien ihn zu mögen. War Herr Tittel als Begleitung dabei, hatte die Mutter auch nichts dagegen, wenn der tägliche Spaziergang einmal in den von den Naumburger Honoratioren frequentierten Park führte – sie und die Schwester schlugen mit dem Professor immer nur den Weg entlang des Stadtgrabens ein, wo ihnen nur ganz selten jemand begegnete, und wenn, war es meist ein Bekannter, ein in das Unglück

der Familie Eingeweihter. Der Betroffene sah meist diskret zur Seite.
Allerdings konnte auch der rüstige Herr Tittel nicht verhindern, daß sich der Professor beim Anblick einer noch nicht ganz abgetrockneten Regenpfütze plötzlich mitten im Naumburger Park auszuziehen begann und darin baden wollte.
Manchmal spielte ihm jemand auf dem Klavier vor. Das freute ihn besonders und machte sein nur mehr aus Essen und Schlafen bestehendes Leben nicht mehr ganz so sinnlos. Dann gab er Laute von sich, die Schwester und Mutter trotz ihres bedrohlichen Klanges längst als Laute größten Wohlbefindens zu deuten wußten.
An was er dabei dachte, konnte kein Mensch erraten. Vielleicht an das Ufer des Silser Sees, an die Halbinsel Chasté, sein Lieblingsplatz, an die schneebedeckten Matten des Corvatsch, wie sie so jenseitig herüberleuchteten im Abendlicht? Oder an den warmen Lufthauch aus den Nüstern der Kuh? Vielleicht an die alte Mühle im Fextal oder an Gian, wenn er beim Abendessen, den Brotlaib vor die Brust gepreßt, jedem in der Familie eine Scheibe herunterschnitt, zuerst der Durischin, dann dem Buben, zuletzt Adrienne.
Adrienne?
Vielleicht dachte er auch manchmal an Adrienne.

55

Im Sommer 1897 trug man auf dem kleinen Friedhof von Sils-Maria die erst 22jährige Adrienne Durisch zu Grabe. Der junge, seit kurzem in Sils-Maria praktizierende Arzt hatte ihr genausowenig helfen können wie Doctor Courtin, der nun auch schon seit etlichen Jahren tot war. Zuletzt hatte man den jungen Arzt bald alle Vierteljahre zu dem Mädchen gerufen, damit er doch immer wieder nur eine seltsame, nicht näher zu diagnostizierende Fiebererkrankung feststellte.

– Sie ist halt doch eine schwache Natur, war sein letzten Endes dürftiger, aber dennoch unabänderlicher Befund.

In diesem Sommer dann hatte Adrienne den Fieberattacken nichts mehr entgegenzusetzen. Sie war einfach nicht stark genug.

In Weimar saß in diesen Tagen einer in seinem Lehnstuhl, die Beine eingewickelt in Decken, und wünschte nur mehr eins. Nicht mehr zu sein. Aber das gelang ihm nicht. Dazu war er noch nicht kalt genug.